神界直屬第十九號部門

作者 水泉
插畫 竹官

3

目錄

序章

我的名字是天奉瑛昭，隸屬於天奉宮，現在是神界直屬第十九號部門的部長，目前就職剛滿兩個月，還是個新手長官。我已經學會冷靜面對每個月的收入報表，畢竟我們這個月沒增加新人，整體營業收入沒提升也是很正常的，於是我們依然發不出正常薪資，我……實在不知道該拿什麼臉來面對認真工作的員工。

經歷過賣飯糰的糗事後，我已經沒有心思靠自己發展副業。想要利用水晶球生成的東西賺錢，對我來說還是太難了吧，夕生那個用臉賺錢的提議，我也不打算採納，所以我能做的，就只有設法在本業上增加收益了。

令人沮喪的是，一個月過去了，我們依然沒能從靈界招募到新的執行員。

當夕生跟我報告這件事時，我一方面感到沮喪，一方面又不太意外。長久以來，第十九號部門的糟糕上司與糟糕待遇，應該已經在靈界傳開了，短時間內要將印象扭轉過來，光靠說的可能不夠，我們可能得另外想宣傳方式，否則那些原本就不想來的靈魂，恐怕不會改變心意。

或許是我的沮喪表現得太明顯，夕生報告完還出言安慰我。

『瑛昭大人，我們招人確實不容易。先前我特地去了解了一下，符合執行員招募條件的靈魂必須滿足幾點要求，首先是不具備轉世資格，再來是要考察個性，接著是對方在世界上不能有親友活著，也就是死亡時間必須夠久。這些都調查完畢後，該靈魂除了要簽署一份不得在人界傷人的契約，還有一些林林總總的規則要遵守……其實薪水發得少也沒什麼，大家不是都不介意嗎？』

聽完他的話，我對招募執行員一事越來越不抱希望了。光是需要死得夠久這一條，就意味著我們能招募的對象都是些老鬼，這些靈魂不僅對第十九號部門已經有既定印象，本身也早就聽說過我們的招募，卻沒有行動……又或者不符合資格。

該怎麼辦呢？只靠現有的執行員，要是想增加業績，難道要請季先生辦個教學講座，給大家做職業技能訓練？

……總覺得提出這種要求，季先生應該不會理我。但這只是我的設想，始終問過才會知道答案，是否該找個時間問一問他？

『有轉世資格的靈魂不能招募嗎？』

倘若有轉世資格的靈魂也能列入招募範圍，我們的選擇就多出很多了，我抱著一線希望這麼問。

『瑛昭大人，我沒辦法回答這個問題。畢竟招募的規矩都是神界為第十九號部門訂的，從以前到現在都只招募沒有轉世資格的靈魂，我不知道原因，自然也不清楚能否打破規定。』

得到這樣的答案，我皺了皺眉，腦袋裡又多出了許多想法。

要再回神界一趟，了解一下制定規則的原因，順便看看能不能改嗎？但我才剛從神界回來呢，為了處理那些可惡的前部長，這個月幾乎都曠工，繼續下去好像不太妙啊？他們會不會以為我心不在這裡，其實早就想離職回神界？

就算我是部長，不需要請假，也不能這樣長時間不來公司上班吧，季先生想要的功能，我都還沒時間研究出來，不然還是先從其他方面著手改革，再來想招募的事？

如果先改變薪資發放規則呢？至少可以保障有在工作的人，能拿到比較多？

『夕生，這個月也跟上個月一樣，沒完成任何任務的執行員，我們就不給薪水了。另外……有完成任務的執行員，我們要不要更改薪水發放方式，變成做多少拿多少？這樣是否比較公平？』

我一提出這個想法，夕生便睜大眼睛，顯得很震驚。

『您……終於覺得那些賺不了錢的員工是累贅了？您打算放棄平均分配，不繼續照顧他們了嗎？』

這個問題，我到底該怎麼回答？在夕生心中，我該不會是一心為員工著想，無條件包容員工的老闆吧？所以我問出這個問題，他才會這麼驚訝？

那我要破壞這個形象嗎？我其實沒那麼博愛，對部門有貢獻的人，我才會想對他好啊，我之所以一直在意員工薪水發不出全薪，主要就是覺得季先生那麼辛苦，整個公司的業績都靠他在撐，公司卻在薪水上虧待他……

但這或許是因為我都在旁觀季先生做任務，沒去看別人，只從業績評斷，就看不見他們的努力？

……不過以部長的角度來說，確實只需要看業績吧？

『因為錢不夠啊，如果錢夠，我也想照常發薪水……』

『您想用什麼樣的方式發薪水，我都沒有意見，不過您說的做多少，是沒上限的嗎？這樣小季會一個人拿很多喔，我跟洛陵的薪水也不知道該怎麼算。』

夕生只問了一個問題，卻讓我覺得事情變得很複雜。

聽起來……好像還是按照薪資平均分配比較簡單？夕生跟洛陵的薪水必須從執行員賺取的收入中分一些來發，如果只發表訂數字，怕他們不高興，發多了又怕季先生不高興，畢竟錢幾乎都是他賺的，夕生他們的薪水多，就意味著季先生的薪水變少……

這種不管怎麼選都會得罪人的事情，不要做比較好吧？依我看，就先維持現狀，我先跟季先生談談員工培訓再說？

『我似乎考慮得太少了，這個月先按照之前的方式發薪水吧，不然不太好處理。』

『好的！沒問題！』

於是這個月的發薪事宜就這麼打發過去了，我決定將精力投入研發水晶球新功能與員工培訓上，希望能有突破性的進展。

因為不想犧牲上班時間，我打算偷偷把水晶球帶回家，利用洗澡或者睡前的時間研究。反正季先生吃完飯就會上樓，幾乎不會下來一樓看，我這麼做應該不至於被發現。

說起來……我神二代的身分算是公開了，第十九號部門的人大概都已經知道這件事，只是他們不知道我來自天奉宮，也不知道天奉宮在神界是什麼地位。

總之，季先生、夕生跟洛陵心裡對我的印象都更新了一遍，只是表面上對我的態度依然跟以前一樣，沒什麼改變。

洛陵現在覺得我背景不明，深不可測，不是他得罪得起的神，因此決定盡量配合我，反正我目前看起來很開明，日後工作上應該不會有什麼大問題。

夕生現在覺得我是身分很高的神，必須抱緊我的大腿，只要跟著我混，前途鐵定一片光明，他蹲了這麼久好不容易才等到一個好上司，必須死死跟著。

季先生則是覺得我確實背景夠硬，家世不凡，可惜腦袋撞到，不知哪裡想不開，跑到這種沒什麼用的部門，雖然造福了第十九號部門的人，但我還是回去找別的工作比較好。

我怎麼會知道這些？當然是讀心讀來的啊。過去在神界的時候，我不太在乎身邊的人對我的看法，但現在……這畢竟是我第一次任職，及時知道員工們對我的看法，有助我調整行事作風，我認為這麼做是有必要的。

幸好我最近看了一些小說，不然真不知道抱緊大腿是什麼意思。如果按照字面上的意思解讀，那可是很驚悚的。

培訓員工的事，我很快就找季先生商量了。如我所料，在我說完自己的想法後，季先生眉頭深鎖，一開口就直接推辭。

『我拒絕。進行任務所需的技能，執行員應該自己在一次又一次的任務中慢慢學習，開講座分享經驗的幫助不大，與其讓我去當講師，你還不如研究出任務錄影功能，讓他們自己看影像學習。另外，就算認真看了影像，頂多也只能學到任務中隨機應變的一些方法，技能同樣得自己花時間練。你總不會期待他們眼睛看一看、耳朵聽一聽就什麼都會吧？要是你有這種期待，還是盡早放棄培訓比較好。』

季先生說話向來一針見血，聽完他的分析，我若有所思地點了點頭。

任務錄影似乎是個好主意，就算不拿給其他執行員看，我也可以自己看啊。像這次回神界，就錯過了好多任務，如果有影像資料不就能補回來了嗎？其他執行員的任務也可以記錄下來，請季先生看看有什麼問題，甚至以後招進來的新員工都能先看影片了解工作內容呢！好，就先研究這個！

『季先生，謝謝你的提議，我覺得很有幫助。』

『……哪個部分？錄影？』

『**對啊！我想到很多用途，早就該開發這個功能了，之前怎麼都沒想到呢？**』

在我這麼說之後，季先生看向我的目光充滿懷疑，於是我連忙讀心。

從我讀到的內容來看，季先生……大概是怕我節外生枝，又搞出一些找他麻煩的事情吧。請他幫忙看影像的事，恐怕是難以實現了，除非我能支付更多薪水……

……但季先生這麼有錢，說不定給錢他也不想做。

確定完研究方向後，我打算明天就將水晶球偷拿回來，利用下班時間研究。

隔天，我和季先生一起準時到達辦公室，本以為會是和平常沒什麼差別的一天，沒想到一走進去，夕生就略顯慌張地迎了上來。

『**瑛昭大人，您有訪客，我先請他到您的辦公室休息等候了。**』

『**訪客？是誰啊？**』

我在人界沒認識任何員工以外的人，這個不請自來的訪客讓我十分困惑。

『**是來自神界的訪客。**』

夕生緊張地交代著。

『**那位大人說……他是您的父親。**』

第一章

夕生帶來的訪客訊息，讓瑛昭為之一愣。

我父親？真的是父親大人？父親大人怎麼會突然跑來人界？該不會是亂認親戚的怪人冒充的吧？

但是夕生說，是神界的訪客。如果是神界來的，應該沒那麼大膽啊……總之進去看看就知道了？

「是因為第十九號部門許久沒有訪客，缺乏接待客人的經驗，你才會這麼緊張嗎？」

夕生的態度多少讓瑛昭有點疑惑，他提出疑問後，夕生則搖了搖頭。

「不是這個問題，瑛昭大人您家世顯赫，是來自神界的大家族對吧？」

「唔……算是吧。」

正確來說，是神界的第一勢力，但我應該不需要特別澄清就是了……

「所以您的父親，自然是地位相當崇高的神啊！我只不過是一個小小的狐仙，第一次見到神界的大人物，怎麼可能不緊張呢！要是惹得他不高興，他動動手指就能讓我灰飛煙滅吧？」

聽他這麼說，瑛昭下意識想為自己父親辯解幾句，說他不是那種神，但在開口之前，他認真回憶了一下璉夢過往的所作所為，忽然覺得夕生的恐懼……好像也有幾分道理。

該怎麼說呢……父親大人他，絕對不是那種濫殺無辜的惡神，不過他的確挺擅長讓人消失的。呃，這種說法好像也不太對，應該說，他確實有讓人瞬間灰飛煙滅的能力，在我的記憶裡也動用過好幾次，但並非只因一己好惡，通常都判定過罪狀……大概吧。

「別那麼擔心，父親大人不會針對無罪的人，只要你沒做過什麼傷天害理的事，在他面前就是安全的。」

瑛昭出言安撫夕生，然而他的話讓夕生變得更加不安。

「什麼樣的事情才會被定義成傷天害理？我、我活了那麼久，多多少少還是做過一些不好的事，沒辦法問心無愧地說自己無罪，您的父親能一眼看穿罪孽嗎？瑛昭大人，請您一定要幫我求情啊！」

他這番話，讓瑛昭頭痛了起來。

夕生會不會是放大了自己做過的小事，把一切想得太嚴重啊？所謂傷天害理的事，看起來就不是他會做的啊，都能修成仙了，不太可能壞到哪裡去吧？

至於父親大人能否一眼看穿罪孽……我該說我跟我父親其實沒那麼熟，他有什麼能力我也不太清楚嗎？

「放心，你要是該死，一見面就被燒掉了，不會等到現在還不燒你。」

瑛昭決定用實際一點的說法來安慰，這次成功讓夕生放鬆了點。

「太好了，那我算是安全了吧？小季，你要不要考慮待在外面，不要跟瑛昭大人一起進去？畢竟你是沒有資格轉世的靈魂，萬一見了面，被那位大人燒了怎麼辦？」

原本瑛昭沒想到這一點，一被提醒，他就緊張了起來。

「我都沒想到！季先生，你還是先找個地方躲起來吧！」

「……」

季望初看著瑛昭，一陣無語後才開口。

「每個執行員都是沒有轉世資格的靈魂，如果見一個滅一個，是要讓第十九號部門關門大吉嗎？用點腦袋好不好，神界既然允許我們成為執行員，又怎麼可能額外清算我們生前的罪孽？除非你的父親完全不講道理也不顧神界的規定，他是嗎？」

我不知道他是不是。

瑛昭苦著臉在心裡這樣想，他深深覺得自己對父親的了解太少，現在要補也來不及了。

認真說起來，不經過審判程序就直接把神燒了，也能算是不講道理又無視神界規定吧？但神界的規定本來就是他說了算，沒人有資格管他，所以……這到底該怎麼說呢？

「一起進去吧，別讓你父親久等。」

出於好奇，瑛昭開啟了讀心能力，想知道季望初此刻在想什麼。

『真想看看能把自己兒子養得這麼傻的大神是什麼德性，不讓我進去不就沒得看了嗎？』

……

還好父親大人不會讀心。這種不敬的話要是被他聽到，我真的不曉得會發生什麼事……畢竟神界沒有人敢這樣跟他講話，沒有前例可以參考……

此外，什麼叫做養得這麼傻？到底有多傻？我——我這兩個月雖然做了不少傻事，但也只是有點傻而已吧？

「……那就一起進去。夕生，公司有沒有接待客人用的茶水點心？有的話待會可以送進來。」

以瑛昭的想法，父親來自己工作的地方拜訪，身為部長，理應按照禮節接待。然而在他這麼說之後，夕生便露出了為難的表情。

「那……沒有的話呢？」

會這麼說就是沒有的意思吧？

畢竟是個跟人界公司不會有業務往來的部門，平時也沒有外人會來，沒準備這種東西似乎也是合理的，更何況公司根本沒有資金可以編列茶水點心的預算……

瑛昭思考到這裡，還沒回話，夕生便自己顫抖著追問了一句。

「我請客吧！我現在就去買！給我十五分鐘，不，十分鐘可以嗎？」

此話一出，瑛昭瞬間有種自己勒索員工的感覺。

「不必了，這樣多不好意思——」

「瑛昭大人，您就別客氣了，能夠請上神吃東西是我的榮幸，請讓我去吧，我這就出發！」

夕生說著，不顧瑛昭的勸阻，就這麼衝出了公司。

我父親不會因為看人不順眼就把人燒了，但他也不會因為你請吃點心就賞你好東西啊！你這是何必呢！

「神界的上神，會想吃人界的東西嗎？」

等夕生跑出去，季望初才皺眉問了這個問題。

「會吧，雖然神多半不重視口腹之慾，但只要是美味的食物，大部分的神還是不會排斥吃上一口的。」

瑛昭稍作解釋後，季望初眼神古怪地看了他一眼。

「是大部分的神嗎？我還以為只有你這樣。」

……季先生，你以前覺得我愛吃，好歹只是在心裡想想，現在居然毫不在乎地直接說出口？所以我終於可以正大光明地反駁了嗎？

「季先生，你對我好像一直有誤會，在你心中我是不是很貪吃？」

「嗯。」

「其實不是這樣的，雖然我用水晶球能做出的東西都是食物，但這不代表我想做的是食物。」

「嗯。」

「至於你做的飯我都會吃完，那是因為你的手藝太好，換成別人也一樣會吃完。」

「嗯嗯。」

「……季先生，你有認真聽進去嗎？」

儘管季望初有回應，還有點頭，但他的態度敷衍到瑛昭完全看得出來。

「事實上，你不用那麼努力解釋，就算你說再多，我也只相信我自己看到的。」

「……」

意思就是，不管我怎麼說，你都不會改變想法就是了……

瑛昭決定放棄這個話題，平復情緒後，走到自己的辦公室門前，敲了敲門。

「進來吧。」

從裡面傳出來的，確實是他的父親——璉夢上神的聲音。在人界聽到這個聲音，讓他有種瞬間回到神界的錯覺，開門進入後，璉夢那身與人界格格不入的打扮，更加深了這種感覺。

他的父親一向是個隨心所欲，不受制於任何規範的神，即便來到人界，也沒更換成能夠融入環境的裝束。兩人進入室內時，璉夢坐在瑛昭的辦公桌前，手裡拿著水晶球，正悠哉閒適地查看著。水晶球在他手上盛放著璀璨的光芒，不知他是在看資料，還是在進行研究。

季望初在看清璉夢的容貌後明顯一愣，璉夢則在看向瑛昭後，露出了淺淺的微笑。

「瑛昭，好久不見，人界的歷練感覺如何？還習慣嗎？」

瑛昭先前回神界時，並沒有見到璉夢。更早之前，決定要到人界歷練時，他也沒跟璉夢面談，只寫了一封信通知在外雲遊的父親，因此，要說好久不見，他們確實有一陣子沒見面了。

「正在慢慢習慣中，父親大人怎麼有空過來看我？」

「你召開公示審判會的那天，我就回天奉宮了。本來那時候就想見一見你，問

一下近況，沒想到稍微忙碌幾天，你就已經離開神界，正好我接下來沒什麼行程安排，索性直接到這裡來找你。」

想當初，璉夢對瑛昭曾經有一句評價：這孩子很好，就是很不會聊天，三句話就能把話聊死。

此時瑛昭充分發揮了這個特點，面對久未見面、俊美溫雅的父親，他腦袋裡忽然有個想法，就開口問了出來。

「您會特地來看我，除了詢問近況，是不是還有什麼重要的事想告訴我？例如您終於在雲遊中找到新的紅粉知己之類的？」

聞言，神界最尊貴的璉夢上神，露出了一言難盡的複雜表情。

「……我似乎想起這麼久沒跟你見面的原因了，看來你過得很好，不如我先離開吧，一百年見一次足矣。」

其實，起初瑛昭並不這麼關心自己父親的感情生活，但跟在母親身邊的那段日子，聽多了母親的埋怨與碎念後，一切就改變了。

『什麼同居，什麼復婚，這些事你就別想了，你父親從來沒愛過我，我甚至也不知道他有沒有愛過哪個人。』

『他說他懂得什麼是愛，但我非常懷疑。你回去可以多觀察他啊，看看他的目光有沒有在哪個女性身上停留過，甚至男性也可以，最後你會發現，全都沒有。反正他那種個性也比較適合單身自己過吧！』

『比起讓我們再續前緣，我覺得你應該多關心他的感情生活，除非他找到愛人，否則我不會改變對他的看法。他只愛他自己吧！他一定只愛他自己！』

這類的話聽來聽去，瑛昭便漸漸生出了一顆應該不時關心一下父親大人的心，由於他覺得自己這麼做是對的，所以即便璉夢一被問到感情相關話題，就會擺出一副「我跟你沒有熟到可以問這個吧」的態度，瑛昭還是想到就會問幾句，搞得有一陣子璉夢看到他就躲，完全沒有跟他聊天的欲望。

此時，眼見璉夢才說幾句話就想告辭，為避免場面鬧得太尷尬，瑛昭不得不換個話題。

「父親大人，別急著離開啊，您難得來一趟，我有好多事情想請教您，如果可以的話，還想請您幫忙看看有什麼方法能增進部門的收入呢！」

瑛昭心中有很多跟第十九號部門有關的問題，像璉夢這種活了很久的土神，說不定能直接給他解答，這樣他就不用回神界尋找答案了。

由於瑛昭多少心懷敬畏，又覺得璉夢肯定有一些防堵特殊能力的護身法門，所以他不敢讀心——儘管他對璉夢的內心想法一直相當好奇。

「來人界歷練後，你倒是會求助於我了？」

璉夢揚了揚眉，似乎覺得眼前的情況很稀奇。

見他沒一口拒絕，瑛昭連忙接著說了下去。

「在神界的時候，沒什麼會讓我感到為難的事情，小問題我都能自己解決，但是第十九號部門的事情就不一樣了，我有很多事想問，父親大人您見多識廣，一定能給我實用的建議吧？」

在他這麼說之後，璉夢臉上顯露出了幾分詫異。

「你甚至還學會了說這種恭維人的話？你在人界到底經歷了什麼？」

父親大人，我本來就會恭維人好嗎？只是這些話我通常都是對母親大人說的，您無緣聽見而已。

「這不重要，您吃不吃這一套比較重要。」

瑛昭沒回答璉夢的問題，這兩個月做的蠢事，他可不想一一向璉夢報告。

「我不吃這一套，不過你遇到的問題可以說來聽聽，我有點興趣。」

有點興趣……聽起來怎麼這麼像看熱鬧啊？我講完以後，父親大人會不會愉快地揶揄我一番，接著丟下一句自己加油，就走了？

瑛昭覺得，以璉夢的個性，做出這種事也不是不可能，但有講有機會，所以他還是老老實實地開始發問。

「第十九號部門似乎很難招到新的執行員，我可以招募那些有轉世資格的靈魂嗎？」

如何增加員工，是瑛昭目前正在煩惱的事情。雖然增加員工意味著要發更多的薪水，但長久來看，找到有能力的新人才是擴大經營的正解。

「招募有轉世資格的靈魂？那你要給他們什麼當作報酬？」

沒有轉世資格的靈魂，做任務做到積分滿了，就能獲得轉世資格，而有轉世資格的靈魂……顯然必須有其他誘因，才能讓人家想留在這裡做事。

「假如可以招募，我們就協商出一個比較合理的報酬……？父親大人，您覺得呢？」

報酬方面，瑛昭暫時還沒有具體想法。

「不如先說說你為什麼想增加額外的執行員吧，有這個必要嗎？」

璉夢換了一個問題，於是瑛昭便苦著臉說起了自己的辛酸。

「我想多招募一些有能力的執行員來增加部門收入，薪水老是都發不出來，讓我覺得很對不起認真工作的員工。」

「薪水……？」

璉夢停頓了幾秒，像是在思考什麼，過了一陣子才重新開口。

「這是需要在意的東西嗎？有沒有發都無所謂吧？」

他的發言讓瑛昭為之震驚，一時之間不知道該怎麼回答。

父親大人原來是這種人？怎麼會沒關係！既然有開出工資，就要老老實實地發啊！

「父親大人，您為什麼會這樣說？」

見他一副不能接受的模樣，璉夢稍微解釋了幾句。

「他們本來就不是為了工資來當執行員的，既然如此，薪水自然就是可有可無的東西。」

意思是給你們機會取得轉世的機會已經很好了嗎？但只提供這個，工作環境很差的狀況下，就是沒什麼人要來做啊！

「但是部門承諾了會有工資，那就必須有啊，這是誠信的問題。」

他試圖據理力爭，然而璉夢一句話就擋了回來。

「從今天開始取消這個承諾，就不會有問題了，頂多就是將先前欠的薪水慢慢補發給他們，如此一來，問題是不是就簡單多了呢？」

不是！當然不是！發不出薪水的解決辦法，怎麼會是乾脆不要發薪水呢？這也太過分了吧？

「我覺得這麼做太苛刻了，要讓執行員好好工作，應該提供他們一個優良的工作環境，沒有薪水他們就得在人界兼職以滿足一些基本需求，上班會變得不認真，人可能也會沒精神……總之，這不是我想看到的，執行員必須有薪水！」

「你現在是第十九號部門的部長，你覺得應該要有薪水，那就發薪水，這沒什麼問題。如果想提高部門收入，透過改造水晶球，確實可以增加任務收益，你要的是這個嗎？」

雖然瑛昭不知道要怎麼改造，但一聽到能增加收益，他立即眼睛放光。

「我需要！除此之外，我剛剛提的那件事呢？招募有轉世資格的靈魂，父親大人覺得可不可行？」

只要能提高任務報酬，再增加執行員人數，擴大經營部門就不是夢了啊！

「你為什麼一直執著於增加執行員人數呢？甚至為了增加員工，不惜招募不符合資格的靈魂？」

璉夢不解地問了這個問題，瑛昭則一點也不明白他為什麼會這麼問。

「增加執行員人數不是本來就該做的事情嗎？人數越多，部門的規模越大，就能幫助更多不願意轉世的靈魂啊！現在部門只有十個執行員，這絕對是不夠的吧？我的神力可以開啟很多任務，偏偏沒有足夠的執行員來執行，這不是很可惜？」

瑛昭的話讓璉夢露出了恍然大悟的表情。

「原來如此。瑛昭，看來……你對第十九號部門存在的用意，似乎有一些誤會。」

誤會？

瑛昭微微一愣，疑惑地看向璉夢，等待他說明。

「你是不是以為，第十九號部門存在的目的，是幫助那些不願意轉世的靈魂消除怨念，得以心平氣和地去投胎？」

「是啊，不就是這樣嗎？」

「你認真想想，如果是這種目的，為什麼第十九號部門的部長好像誰都能當，歷任部長也都沒有擴大經營的想法？」

璉夢很少在瑛昭發問時直接給他答案，他總會要求瑛昭先好好思考，如果真的想不出來，他才會為瑛昭解惑。

「不是因為他們不思長進，只想來混個履歷嗎？誰都能當，大概是因為神界不重視這個部門，而之所以不重視……可能是因為幫助這些靈魂，送他們去轉世，對神界來說沒有什麼直接的好處，就只是單純做善事？」

聞言，璉夢看著自己天真善良的兒子，嘆了一口氣。

「你說的……大致上沒有什麼不對，但都沒說到重點，也就是第十九號部門存在的意義。這個部門為什麼會成立，為什麼不重視、不投資資源在上面卻又不廢止，你真的想不到嗎？」

我真的想不到了。還能有什麼啊？我的思考是不是有盲點？我到底忽略了什麼事情呢？

啊啊，要是可以讀心的話，父親大人心裡搞不好正在罵我笨……

想不出答案的狀況下，瑛昭下意識看向默默站在後方的季望初。季望初已經很熟悉瑛昭這樣的眼神，在瑛昭的注視下，他無奈地開了口。

「瑛昭大人，不管我猜不猜得出答案，你看我的意思，難道是要我幫你回答上神出的題？」

「……當然不是！」

我沒有那個意思！只是太習慣——算了，有什麼好解釋的呢？在心裡想，他們又聽不到。

因為季望初出了聲，璉夢看了他一眼，接著皺起眉頭。

「你好像……有點眼熟。」

聽到這句話，季望初笑了笑。

「上神已經不記得我了嗎？這麼長的時間裡，我可是一直把您記在心裡呢。」

他們兩人的對話，讓瑛昭睜大眼睛，充滿驚訝。

季先生見過父親大人？什麼時候的事？他們怎麼認識的？

「你見過我？等一等，我回溯一下記憶。」

出於好奇，璉夢以神力搜索了自己過往經歷的畫面。

沒過多久，與季望初相關的記憶畫面，便在他腦中展開。

身為神界地位最高的上神，璉夢待在神界的時間其實不多。大多數時間他都在外遊歷，有時候在異世界，有時候在靈界，去哪裡全看心情。

那是他在靈界遊歷的某一年，他把目的地定在黑之海。黑之海是靈界囚禁靈魂的其中一個區域，裡面全都是罪孽深重的靈魂，在被剝奪轉世資格的靈魂中，黑之海囚禁的，絕對是最危險的一批。

黑之海顧名思義，就是一片純黑色的空間，整個空間分為天空與海面，但在一致的純黑色下，沒有人看得清楚海天交際線究竟在什麼地方。那些罪人靈魂有的懸浮在空中，有的淹沒在深海，日復一日的黑日灼燒與海水腐蝕中，他們無法看見其他靈魂的存在，也不知道這樣的刑罰是否有盡頭。

璉夢從黑之海的上方進入，在這片空間裡，他的降臨就猶如黑暗中突然冒出的火光，刺眼醒目。與這裡受刑的靈魂不同，他能夠看見區域內所有的靈魂，此刻大部分的靈魂都朝他看了過來，他們不知道這團光明是什麼，長期處於黑暗中的靈魂們甚至無法看清璉夢的身影。

對於這長年以來黑之海中出現的唯一變化，他們有人戒備，有人則渴望靠近，然而靈魂們都被禁錮在原地，他們能做的只有叫喊、質問，期盼璉夢會給予他們回應。

那些嘈雜的聲音，璉夢一個也沒有理會。他從空中降至海面，不帶情感地觀察著周圍的靈魂，對他而言，這裡的靈魂一眼掃過就能看明底細，絕大多數都如黑之海一般，徹底被墨色渲染，他們不值得再得到任何資源，他們自身也已經沒有任何價值。

在他的眼中，沒有價值的靈魂渺如塵埃，隨手就能燒毀，連個理由都不用給。就在他潛入海中，放眼望去又是同樣的景色時，他開始感到無聊，思索著要不要就此離去。

但他還未行動，就被深海中的一雙眼睛吸引了注意力。

一片濃重的黑色裡，那抹色彩在他的神識中相當突出，璉夢想也不想就繼續下潛，直直來到那個靈魂面前。

下潛到這種深度後，周遭的靈魂已經不多了，要犯下什麼樣的罪孽才會被沉到這個深度，璉夢心裡多少有底。為什麼這樣的罪人能有一雙如此乾淨澄澈的眼睛？他對此充滿好奇，並且迫不及待地想得到答案。

『還有意識嗎？你是犯了什麼罪，才被囚禁在這裡？』

腐蝕性的靈魂沖刷是非常痛苦的刑罰，靈魂的精神力如果不夠強韌，被沖刷幾年就成為失去自我意識的遊魂，也是常有的事。

『我……？』

眼前的靈魂沒有讓他失望。這個靈魂意識尚存，儘管反應略嫌遲緩，但他的眼神清明，看起來思緒還很清晰。

『對，就是你。你是犯了什麼罪，才被囚禁在這裡？』

璉夢很有耐心地重複詢問，等待他親口說出自己的事情。

『……我毀滅了我的世界。』

靈魂輕聲交代著。

『我甚至……連世界是什麼模樣都還不知道，就毀滅了它……』

靈界拘留的靈魂，來自許許多多的異世界。毀滅一個世界，自然是很不得了的重罪，但對方語氣中的茫然，就好像他不是故意的，也不知事情到底是怎麼回事。

這些事情，璉夢覺得自己不需要了解得那麼清楚。他做事情全憑直覺，他也相信自己的直覺不會出錯。

『我可以帶你離開這裡，讓你去看看其他世界，體驗其他人的人生，一切結束之後，你就能投胎轉世，你有興趣嗎？』

璉夢微笑著問出這個問題。要是對方不願意離開，他當然也不會勉強。

『我需要付出什麼代價？』

『什麼也不用。跟我走就是了。』

或許是難以相信世界上有這麼好的事情，靈魂疑惑地發問。

『為什麼？』

面對他的不解，璉夢只笑著回了一句。

『因為我覺得，你值得一個機會。』

即便心有疑慮，靈魂最終還是答應了。或許他也想給自己一個機會——一個離開這裡，重新開始的機會。

『你叫做什麼名字？』

在運用神力燒毀黑之海與靈魂之間的聯繫時，璉夢隨口問了這個問題。

『我沒有名字。』

脫離黑之海的束縛後，靈魂的形體逐漸顯現出來。他態度冷靜地搭上璉夢伸出的手，隨後又補充了一句話。

『他們都用編號稱呼我，我只知道……我的姓氏好像是「季」。』

『不介意的話，我幫你取個名字？』

對方點了點頭，於是璉夢看著他，很快就有了想法。

『就叫做忘初吧。忘記的忘，初始的初，上個世界的事情，你可以通通拋開忘記，算是我對你的勸解與祝福。』

璉夢的本意是要他放下過去，重新開始，然而對方聽了以後，似乎相當抗拒。

『不。我不想忘記……也不能忘記。』

他痛苦地這麼說，隨後以堅定的神情修改了這個上神賜與的名字。

『望初。望向初始的望。我就叫這個吧，我所遭遇的一切，不能當作什麼都沒發生過，無論如何都不能。』

璉夢在那雙紫色的眼睛裡看見了難以動搖的執著。這份執著會將他的命運帶往何方，璉夢無法確切得知，卻仍嘆了一口氣。

即使無法確切得知，他也知道，沒有意外的話，這注定會是一條充滿荊棘與苦難的道路。

*

「季先生，父親大人他活了很久，經歷過太多事情，儲存的記憶過多，所以常常有失憶狀況，必須用神力回溯記憶，你稍等一下。」

在璉夢回溯記憶時，瑛昭怕季望初不了解狀況，所以稍微解釋了幾句。

「……用失憶狀況來形容，是不是不太妥當？」

季望初質疑了他的用詞。

「但他只要不用神力回溯，就不會想起來，那確實就跟失去記憶沒兩樣啊。哪裡不妥了？」

瑛昭不覺得自己的說法有什麼問題。

「我只是覺得這種說法聽起來很像在說失智老人，要是你們都不介意，那就沒關係。」

「……」

聽了季望初的解釋後，瑛昭也覺得這種說法對自己父親似乎有點失禮，但他一下子也想不出更好的形容詞，只好閉口不談。

值得慶幸的是，這段尷尬沒有持續多久，璉夢便結束了他的記憶回溯。

「我看完記憶了。」

璉夢回神過來再次看向季望初時，眼神比剛才柔和了不少。

「原來是你啊，我從黑之海親自帶回來的寶石。這麼多年過去了，你怎麼還在這裡，沒有投胎轉世？」

他使用的稱呼讓瑛昭愣在原地，季望初也露出了不適的表情。

「上神，如果您還記得我的名字，就用名字來稱呼我吧。」

「父親大人，我第一次聽您這樣形容一個人，有什麼特殊涵義嗎？」

寶石耶！父親大人說季先生是寶石耶！這應該是個很正面的形容詞吧？我幾乎沒聽他讚美過哪個人，難道父親大人對季先生有不一樣的情感嗎？

但是他忘了季先生，如果有特殊情感，不該把人家忘掉吧？這到底是什麼狀況？

「我不知道你的問題想得到的是什麼樣的答案，這只是對美麗事物的形容詞，形容的是他靈魂散發出的光芒。當時，在我看向他的雙眼時，他眼中尚未熄滅的火焰，看起來就跟寶石一樣美麗。」

……我更加不確定了。真的沒有特殊情感？我覺得這些話聽起來很肉麻，是我的錯覺嗎？

「父親大人，那……您覺得我美麗嗎？」

原本季望初正因為璉夢那番話而臉上僵硬，一聽瑛昭問出這種問題，他立即被轉移注意力，用一種看傻子的表情看了過去。

季先生為什麼這樣看我啊，我只是想確認一下父親大人的想法，看看他對我的評價有多大的差別啊！

「你來人界以後到底遇到了什麼？以前你從來不會問我這種問題。」

璉夢那擔憂的眼神，讓瑛昭不知道該怎麼回應。

對，沒錯，我以前的確不會問這種問題，但那是因為您不曾對哪個人特別感興趣，現在您難得表現出比較不一樣的態度，我就想知道對您來說，季先生到底特殊到什麼地步嘛！

……雖然我最想知道的是，季先生有沒有可能成為您的新對象……這件事光是想像，就覺得好不能接受，心情好複雜啊……

「您能不能先回答我的問題？」

「剛才那個問題嗎？你自然很美麗，這點不需要問我，你自己也知道吧。」

我總覺得父親大人沒回答到我的問題。可惡！真想讀心！

「回到原本的話題吧，阿初，你為什麼還待在第十九號部門？以你的能力，積分早該滿了吧。」

阿、阿初？這個叫法也太親近了吧？父親大人連喊我都是喊完整的名字耶！

「上神，您不需要這樣關心一個凡人，我為什麼還留在這裡，並不是什麼重要的事。」

季望初似乎不想正面回答這個問題，聞言，璉夢稍微修改了他的用詞。

「這不是關心，只是好奇。你願意滿足我的好奇心嗎？」

「不願意。不過如果您也肯滿足一下我的好奇心，我們可以交換。」

在他這麼說之後，璉夢感興趣地問了下去。

「你好奇什麼事情？可以問問看。」

見他有交換的意思，季望初瞥向瑛昭，問出了自己心中的問題。

「我就是想知道，您是怎麼教育兒子的，怎麼會把兒子教得這麼單純無害，跟您完全不一樣？」

第二章

不知道為什麼，瑛昭總覺得季望初這個問題，形同一次批評了他們兩個神。

季先生，你是不是……說我傻，然後說我父親有害？你不覺得這樣問問題很危險嗎？父親大人他，雖然不會隨便把人燒掉，但他的脾氣也稱不上很好耶？

「你好奇這種問題？」

璉夢一臉疑惑，顯然沒想到季望初會好奇這種事。他遲疑地看看瑛昭，又看看季望初，然後得出一個結論。

「你跟我兒子關係很好？」

聽他這麼問，瑛昭頓時有點緊張。

啊……季先生會怎麼回答？我們之間的關係到底算不算好？是以上司跟部下的關係來說？還是朋友關係？萬一他說關係不好的話……

「普普通通吧，就只是同居接送負責他三餐的關係而已。」

……我忽然驚覺，這聽起來似乎不太普通。

「情侶關係？」

璉夢立即往這上面想。

「不是。」

季望初瞬間否定。

「瑛昭有給錢嗎？」

「沒給。他哪來的錢？」

得到這樣的答案後，璉夢頓了頓，接著嘆出一口氣。

「是我教子無方，居然讓他欠下這種人情。」

「所以，您有打算公開一下自己過去的教育方針嗎？」

「其實我沒有特別教導他什麼，在他成長的過程中，我就只灌輸他三個觀念。」

璉夢說著，語氣平淡地開始陳述。

「第一，不要做有違本心的事，第二，在神界沒有人能欺負你，第三，世界上有很多比泡澡還有趣的事，你不用在泡澡上花那麼多時間。可惜我的教育不怎麼成功，至少第三條他完全沒聽進去。」

「……感謝上神的答覆，我明白了，就是完全沒教的意思。」

做為旁觀者聽到這裡的瑛昭，終於忍不住插嘴。

「父親大人，為什麼要說教子無方？欠了人情之後再還就好了啊？」

他單純的想法讓璉夢一聽就無奈。

「我是怕你越欠越多，最後還不起。」

不至於吧？父親大人您會不會想得太遠？

「又不是救了我全家之類的恩情，應該不會還不起吧？」

「要救你全家確實是挺難的。」

季望初皮笑肉不笑地嘀咕了一句。

「這個問題，我們就不討論了。阿初，說說你為什麼還沒去投胎吧。」

「……我有非做不可的事，而我還沒完成。當初我跟您說過，我沒辦法當作一切沒發生過，而這麼多年下來，我還是沒拿到仇人的資料，只好設法繼續待著，伺機而動。」

關於季望初的過去，瑛昭很好奇，但他如果不想說，不管誰來問應該都不會說，所以瑛昭也只能從他透露過的訊息中，自己拼湊真相。

所謂的仇人，大概就是那個將季先生害到失去轉世資格的人吧？季先生在這裡應該待了超過一百年？那……人早就死了吧？季先生這麼執著於找到他的資料，是想做什麼呢？總不會是想找到轉世在哪，然後去復仇？

不對，他能把季先生害到失去轉世資格，自己多半是個惡人，搞不好一樣沒有轉世資格呢！這樣的話，只要找到對方被囚禁在靈界的那個牢獄，就可以去找人了？

「是嗎？你現在跟我兒子的關係不錯，難道就不想請他幫忙查？有神幫忙的話，一切會變得容易許多吧？」

如果季望初開口，瑛昭自然很願意幫助他，不過璉夢此時提出這點，還是讓瑛昭覺得心情複雜。

父親大人，您就這麼想讓我早點還清人情嗎？

他很想知道季望初會如何回答，但這個時候，敲門聲突然響起。

「不好意思——我準備好茶和點心了，請問方便送進去嗎？」

來。

買零食的夕生回來了，他說話的語氣相當謹慎卑微，彷彿想進來又不太敢進

「可以，請進。」

人家都已經自掏腰包，不讓人送進來好像有點過分，所以瑛昭無視了話題進行到一半的事實，直接開口同意。

得到許可後，夕生開了門，然後推了一台餐車進入室內。

……這餐車是哪來的？公司連茶點都沒有，不可能有餐車吧？難道夕生買食物之餘，還順手買了餐車？

「打擾各位了，不好意思，難得有貴客造訪，我們特地準備了一些點心，由於不知道上神的偏好，我多買了一點，吃不完放著就好，我們會再收拾。」

夕生一面說，一面將三個三層點心架拿到桌面上——不得不說，點心的種類確實很多，瑛昭一時無話可說。

這點心架……也是剛買的吧？只用這一次，有必要這麼浪費嗎？夕生，那可是你的薪水啊！如果你要報公帳，我是不會同意的喔！

「不是缺錢嗎，還能準備這麼多點心？」

璉夢見狀問了一句，瑛昭便老實說出事實。

「父親大人，我們確實沒有錢可以準備這種東西，這些全是他私人支出，說是想請您吃一點人界的甜點。」

該說的話我都幫你說了，父親大人會不會賞你什麼，就看你的運氣了，夕生。

「原來如此。你有心了。」

璉夢點了點頭，隨後便看向瑛昭。

「我拿不出什麼人界的物資當報酬，不如你給他加薪？」

慢著，父親大人，您不是說討好您也沒用，您不吃這一套的嗎？為什麼忽然就要給夕生獎勵了，而且還是我來給？您明知道我發不出薪水啊！

「不不不，公司現在經營困難，應該共體時艱，加薪就不必了，我沒關係！」

夕生也清楚公司的財務狀況，於是當機立斷，拒絕了這個獎勵，以免瑛昭為難。

太好了，夕生真懂事！雖然不能幫他加薪，不過如果他需要飯糰，我就多做幾個送他吧！

「是嗎？既然你不要，那就算了。」

璉夢輕飄飄地丟下這句話，就這麼帶過了獎勵話題。

看樣子他也不是真心想發獎勵。

「那……我就先出去了，祝你們有美好的一天。」

比起奢望神界的上神施捨自己一點東西，夕生更想從這裡離開。待在這個空間的壓力實在太大，不是他一個小小狐仙能夠承受的。

「父親大人，您要吃嗎？」

食物都送到面前了，沒有不吃的道理。瑛昭禮貌上先詢問璉夢，以免自己在季望初心中又多出一個「在長輩面前依舊只顧著吃」的印象。

「瑛昭，你是不是餓了？我在你眼中看見了對食物的興趣與渴望。」

……

我沒有！父親大人您不要胡說！季先生會誤會！

「您要是沒興趣就讓他先挑吧，他很愛吃。」

此時季望初補上了這麼一句，讓瑛昭瞬間失去了與璉夢爭論的念頭。

……我沒有什麼要說的了。是不是直接放棄拯救形象比較快？只要我肯放棄，就不必再煩惱這件事了，對吧？

「我跟他相處了三千年都不知道這件事，你卻沒幾個月就曉得了，混熟的速度真快。」

不，您三千年都沒發現，不正是代表沒這回事嗎！您應該相信自己原本的認知才對啊！

「季先生對我有一些誤解，父親大人您不要將這句話放在心上。你們吃吧，我現在沒什麼胃口。」

為了維護自己的尊嚴，瑛昭勉強擠出笑容，對璉夢這麼說。

「瑛昭，你為什麼要說謊呢？貪吃對你來說是什麼難以面對的缺點嗎？」

璉夢一點也不體貼地拆穿了他的謊言，季望初也在旁補刀。

「可能是沒辦法接受真實的自己跟想像中的自己不一樣吧，成長過程中一路順遂的人常常會有這種毛病。」

季望初能這麼自然地接璉夢的話，是十分值得敬佩的事，偏偏話題惱人，瑛昭此時除了懊惱，實在生不出其他情緒。

「如果你們都不想吃，就先把點心放一邊吧！父親大人，回到先前的話題，第十九號部門成立的目的我確實想不出來，能否請您直接告訴我答案？」

在不想深談這件事的情況下，轉移話題無疑是最好的選擇，只要他們倆別再揪著不放。

「很簡單，第十九號部門，其實是為了執行員而成立的。」

這次璉夢沒再繞圈，很乾脆地說出正確解答。

「為了執行員？」

瑛昭第一時間還沒反應過來，於是璉夢接著說了下去。

「是的。為了給那些無法轉世的靈魂，一個機會。當然，機會不會平等地給予，因此考慮完他們的意願，再篩選資格後，剩下的人才會這麼少。所以我才說，招募具有轉世資格的靈魂來當執行員，沒有什麼意義。第十九號部門不需要為了那些不甘心的靈魂擴大經營，因為這個地方存在的目的不是服務他們，而是提供執行員歷練的幻境。」

璉夢在解釋的同時，重新拿起水晶球，眼神柔和地看向季望初。

「這個地方其實沒有為那些不願轉世的靈魂提供什麼實際的幫助，所謂的滿足心願，都是在幻境中進行。但執行員累積積分的過程中，每一段人生都促使他們和不同背景的人交流，每一次任務都能讓他們看見不同的世界，雖然投胎轉世後，這些歷練的記憶都會消失，不過……我覺得過程絕非毫無意義，整個進程也很有趣，你認為呢？」

璉夢的說明，讓瑛昭不得不用全新的角度來看待第十九號部門的業務。

為了執行員而成立的……居然是這樣？跟我想的完全不同，我一直以為……所以我心目中的經營方向根本就是錯的？那之後該怎麼辦？是不是該先調整心態，調適一下，再想想之後的計畫？

「你看起來很驚訝，是不是需要一點時間消化這個消息？我們也可以先做點別的事，晚點再繼續這個話題。」

璉夢看了看瑛昭的表情後，體貼地提出建議。

「噢，好啊，那現在要做什麼？」

瑛昭茫然地看向璉夢，璉夢則指向桌上的點心架。

「吃啊。」

「……」

再繼續拒絕下去，似乎就太矯情了？不然……不然就吃吧……好歹也是夕生的心意，都沒有人吃的話，感覺實在很對不起他……

瑛昭自暴自棄地挑了幾個順眼的點心放到盤子裡，就吃了起來。

這一次，璉夢跟季望初都沒再多說什麼，只默默拿起餐具跟著進食。

外面賣的點心，瑛昭先前沒有吃過，因為他沒有錢可以在外面買東西吃。但是，季望初心情好的時候會做一些甜點分他吃，相較之下……他覺得這種市售點心還是沒有季望初做的那麼美味。

雖然沒有季先生做的好吃，但也不差啦，是不是我標準太高了，居然會覺得夕生花錢花得不太值得？

「瑛昭，你就職也兩個月了，除了水晶球原本就有的功能，你有研究出什麼其他用法嗎？」

正思考著點心口味問題的瑛昭，一聽璉夢這麼問，下意識就說出了自己最常用水晶球做的事。

「我會用水晶球做出很多種口味的飯糰跟三明治，雖然味道很普通，但您如果想試試看，我可以現場做給您吃。」

「……還有嗎？沒有別的了？」

聞言，瑛昭如夢初醒地看向他，很快就從璉夢的臉上讀出各種複雜情緒。

我感覺父親大人想問我為什麼都是吃的，只是顧慮到我的面子，才沒直接問出口。那我該怎麼辦？他又沒問，我主動說都是巧合，不就越抹越黑了嗎？

「還有別的啊，比方說直接結束任務、除去任務中的痛覺以及任務中通訊的功能，最近還在研究怎麼讓執行員中途存檔退出休息，但尚未研究出來。」

瑛昭試圖透過這些補充來扭轉璉夢的想法，至於成不成功，只有讀心才能知道，偏偏他就是不敢讀。

某方面來說，讀心就是刺探隱私，當事者不知道也就算了，萬一被發現，他完全不敢想像會有什麼後果。

當然，無論有沒有父子關係，璉夢應該也不會因為這種事情就燒死他，不過這麼危險的事情確實不該輕易嘗試。

「會開發這種功能，看來你挺在乎執行員的啊，我還以為你只在乎任務對象呢。」

聽到這種話，瑛昭頓時有點心虛。

我是在乎執行員，但只在乎一個，這樣算嗎？

這麼說來，不具備轉世資格的靈魂裡，說不定還是有不少像季先生一樣，完全不像壞人的人。如果能拯救他們，或許也是一件不錯的事情吧……

「是啊，執行員做任務的時候，如果能有更多便利的功能能利用，對他們來說感覺應該會好很多。」

「那麼，就來談談提高報酬的事情吧。」

璉夢點點頭後，開始說明提高報酬的辦法。

「依照原有的規則，任務難度越高，給的報酬就越多，我可以替你們在水晶球裡增加一些可啟用的設定，每啟用一條，報酬就會變多。」

所以……是增加難度用的設定？

「父親大人預計增加的，是什麼樣的設定呢？可以舉例幾個嗎？」

「比方說，任務無法讀取靈魂記憶，任務禁止使用某些手段之類的。如果想增加大量報酬，還可以選擇召喚異世界的靈魂，因為是全新的環境，一切都很陌生，難度判定就會大幅提高。」

「咦？居然可以召喚異世界的靈魂？父親大人果然很厲害，隨手就能改出這麼多功能！」

瑛昭讚嘆完，瞥了季望初一眼，發現他的臉色不太好看，便忍不住讀了心。

『連通什麼異世界啊！那不就有一堆新技能要學了嗎？學到的技能說不定還只能在那個世界用，是要逼死誰？其他執行員真的會想接這種難度的任務嗎？大家都得過且過，只想完成任務賺積分，對探索新奇人生一點興趣也沒有吧？這種新東西鐵定又會叫我先嘗試，璉夢這傢伙是不是專程來坑我的！』

……季先生，你在心裡居然直呼我父親的名諱？你膽子真的挺大的，這抱怨的語氣，一點敬意也沒有耶……

說起來這些功能確實會降低任務的完成率，委託者會不開心吧？

啊，對父親大人來說，委託者的人生與願望，只是用來讓執行員歷練的素材，所以他一點也不在乎任務最後有沒有成功，他只在乎執行員體驗的過程。好吧……我會試著接納這種思想的。

「稱不上厲害，只是活得久，學得多，懂得怎麼利用而已。」

璉夢笑笑地這麼回應，只見水晶球在他手上連閃了數次，前後大約五秒的時間，結束後，他便將之放回桌上。

「改好了。阿初，很久沒看你執行任務了，不如就由你來測試新功能吧？」

此話一出，季望初的臉色頓時變得更難看。

「我可以說不嗎？」

「你不願意？你不覺得進行異世界的任務很有趣嗎？」

「只有您覺得很有趣。您根本只想看戲吧？」

季望初的語氣讓瑛昭為之心驚。

季先生！你把心裡那種嫌棄的態度拿到表面上來了啊！這麼直接地頂撞回去，不太好吧？

「父親大人，您添加的功能，我想先研究一下，不然開啟異世界任務的事情就改天再說？」

瑛昭在璉夢接話之前就插了嘴，試圖緩頰氣氛。

「這不需要研究啊，直接使用就可以了，對你來說應該非常容易。」

「……我想研究的是您加入功能的手法，這說不定能對我開發水晶球功能有什麼啟發呢！」

他知道自己的說法很牽強，但他還是盡可能裝出認真的態度，讓璉夢相信他想要研究的心情。

「如果你這麼想研究……就研究看看吧，有什麼不懂的地方可以問我。」

璉夢將水晶球遞給瑛昭，瑛昭則在接過之後，乖巧地點了點頭。

「父親大人，您放心，我自己研究就可以了，不會麻煩到您的。」

「……」

在他這麼說之後，璉夢皺起眉頭，表情十分複雜，考慮幾秒才再次開口。

「你不需要自己研究，我是你父親，遇到不懂的事情請教我是很正常的事情，我也不會覺得麻煩。」

他表達出了樂意指導兒子的態度，但瑛昭似乎沒聽懂。

「其實我沒有一定要研究出什麼，如果遇到了瓶頸，我判斷自己短時間內想不出解法，應該就會放棄吧。」

「……你為什麼這麼不想讓我指導？」

璉夢終於忍不住問出這個問題。

咦？父親大人這態度……難道他很希望我問他？堅持自己修練不好嗎？據我所知，父親大人應該沒有好為人師的傾向啊，莫非我對他來說是特別的，他特別想指導自己的兒子？

那……我需要特地找他教我嗎？

「父親大人，我求教於您，會讓您感到高興嗎？如果會的話，我考慮一下，不會的話就算了。」

璉夢又一次露出了那種一言難盡的表情。

「我想你現在最需要被指導的，是如何跟人好好聊天。」

……

嗯，至少現在我知道自己問錯問題了，我覺得……我之所以跟父親大人話不投機，最大的原因就是我不敢讀心，導致我不能確定父親大人心裡的想法，很多事情都無法不問就得到答案……

「我也想學習怎麼跟您聊天，但您老是講幾句就不想跟我聊了，沒辦法練習進步啊。」

瑛昭說出自己的無奈後，璉夢盯著他嘆了口氣。

「我無法陪你練習。」

「唔，可是這種事情找別人練習也沒——」

「你也知道，我脾氣跟個性都稱不上好。我擔心我聽你多說幾句話，就會忍不住把你燒滅，但你又沒犯什麼大錯，我也只有你這一個兒子，這麼做實在不太妥當。」

「……」

父親大人……話不投機而已，至於做到這種地步嗎？太兇殘了吧，我說的話有讓您這麼生氣嗎？

就在瑛昭思考自己該怎麼回應時，璉夢又笑著說了一句。

「剛剛那番話是開玩笑的，瑛昭，你可不要放在心上。」

……如果能讀心，我就能知道是不是在開玩笑了。父親大人，您說我不會聊天，但您的笑話也很難笑啊……

「那麼，父親大人，我們今天先進行一般的任務，您接下來有什麼安排？是要繼續雲遊，還是在人界待一陣子？」

「我會在人界待一陣子。很久沒來關心第十九號部門了，我想參觀一下執行員做任務的情形，做個評估。」

「評估？評估什麼？」

瑛昭疑惑地發問後，得到了一個令他心驚的答案。

「評估一下，部門有沒有繼續存在的必要性。」

部門有沒有繼續存在的必要性？

父親大人……居然有在考慮廢部？

我才來做兩個月而已耶！至少也該多給我一點時間，讓我重振部門再來考核吧？現在就評估，以我們的營收狀況來看，絕對很慘啊！

「我們部門現在還在調整中，如果要評估部門存續，是不是過一段時間再說比較好？」

瑛昭小心翼翼地提出這個建議，他希望璉夢能聽進去，但實在沒什麼把握。

「過一段時間？沒有這個必要。你不是招人招兩個月了嗎？都沒有新人加入，也就是說，評估現在在職的這些執行員即可。」

璉夢的拒絕，讓瑛昭壓力倍增。

「我能不能先知道，您打算如何評估？」

「你不需要知道這麼多。我心裡的標準，你不見得能理解，反正評估結束後我會告訴你結果，要是決定抹去這個部門，你就跟我回神界吧。」

聞言，瑛昭立刻就慌了。

「什麼？就算要廢部，也需要一段緩衝期，而不是直接廢止吧？直接廢止的話，現在這些執行員怎麼辦？」

「自然是遣送回靈界啊，這麼簡單的事情不用問吧。」

「直接遣送回去靈界，也太不負責任了吧！這跟人界那種惡性倒閉的公司有什麼兩樣？員工一點保障也沒有啊！」

瑛昭激動的情緒，讓璉夢不禁多看了他幾眼。

「你也不過跟他們相處兩個月，就有感情了？居然這麼在乎他們的權益？」

……事實上，這兩個月，我見過的執行員沒幾個，一半都不到吧，有的根本不來上班。那種執行員直接遣送回靈界，我就沒意見，反正父親說了，賺錢不是重點……

「無論有沒有感情，這是我身為部長的責任心，該替他們爭取的東西我都會爭取！」

瑛昭表明了自己的態度，然而聽完這些話，璉夢的神色沒有任何變化。

「你可以爭取，我也可以駁回。假如評估結果是廢部，我就不會支持你浪費時間與精力在沒有意義的事物上，你可以不回神界，但水晶球我會處理掉，屆時執行員與第十九號部門之間的契約作廢，他們自然會被送回自己該待的地方。」

璉夢強硬的態度，讓瑛昭一時無所適從。

怎麼辦？這件事真的沒有我能介入的餘地嗎？完全沒有協商的可能性？我怎麼看都覺得廢部的機率比較大，但我無法眼睜睜看著這種事情發生啊！

「上神，您才剛幫忙改良水晶球，就說要評估是否廢部，不覺得自己的行為很矛盾嗎？新功能做出來，不打算給人時間使用看看？還是您的評估期長達十年？」

此時，季望初忽然插話，毫不客氣地質疑起璉夢的行為。

唔，季先生這麼一說，確實……挺矛盾的？難道父親大人又在開不好笑的玩笑？短時間內開這麼多嚴重的玩笑，不太妥當吧，也只有您這種身分的人可以做這樣的事，換作是別的小神，可能早就被嚴厲教育一番了……

「不需要那麼長的時間，七天左右就夠了。我也想給你們機會嘗試新功能，但你不是不想要嗎？執行員都不想努力進步了，我直接以現況進行部門存續的評估，又有什麼問題？」

璉夢以平淡從容的語氣說出這番話後，季望初臉上抽搐，彷彿想上前給他一拳——但他最後什麼都沒做，只咬牙切齒地回了一句。

「我沒說不想，我只是需要一點時間做心理準備。我很樂意嘗試您添加的新功能，明天可以嗎？如果瑛昭大人明天已經研究完水晶球的話。」

……我要不要讀心？我感覺季先生現在心裡一定在咒罵我父親。莫非父親是用廢部來逼他接受異世界任務？有、有必要做到這種地步嗎？

不過這樣看來，季先生也很不希望第十九號部門被廢止吧？我們的想法是一樣的，那就可以好好合作，努力撐過父親大人的評估了？

「明天嗎？我很期待。瑛昭研究一天應該就夠了，就算還沒研究完，也可以先放著吧。」

璉夢滿意地笑了笑，隨後站了起來。

「那麼，今天我先去觀察其他執行員的任務進行狀況，先告辭了。」

「父親大人，您這陣子住哪裡啊？」

雖然瑛昭沒有自己的房子可以招待璉夢，但他依然很關心璉夢的落腳之處。

「我會自己去住飯店，不必擔心我。」

「父親大人，您有人界的貨幣？」

瑛昭這個問題，讓璉夢對他投以關愛的眼神。

「錢這種東西，對一個神來說有什麼困難的？即使沒有錢，使用神力幻化出一個能住的地方也不是難事吧，所以我才不明白你為什麼寧可欠人情也要寄人籬下，你的神力呢？能用為什麼不用？」

「在人界不該隨意動用神力吧……？」

瑛昭內心有幾分動搖，卻依舊堅持自己的觀點。

身為神，本來就不該亂用神力影響人界秩序。為了自己方便而使用，偶爾一次還好，但什麼都用神力來解決，是很不正確的做法，神應該要有自制力，不可以這麼隨便，我的認知……應該沒有問題吧？

「你這死腦筋真不知是像了誰。神力哪有不能用的道理？」

「可是，規則手冊上是這樣寫的啊，我總不能仗著自己是天奉宮的人就無視規則吧？」

瑛昭還想再掙扎一下，璉夢則不帶感情地點了點頭。

「嗯，我代表天奉宮感謝你為守法付出的努力，你說的一點也沒錯，就不要用吧。」

……父親大人這話，我聽了真是半點開心的感覺都沒有呢。

「那父親大人，您還是打算用神力來解決住宿問題嗎？」

「怎麼，還管到我頭上來了？如果身為天奉宮之主還不能在人界隨意使用神力，我掛著這個身分還有什麼意思？我能制定規則，自然也能改。」

瑛昭總覺得，再說下去，璉夢又要怪他不會聊天了，於是他改問另一個問題。

「您要去旁觀其他執行員做任務？但今天他們不知道有沒有來上班。」

「有沒有來上班都沒關係。」

璉夢笑著說了下去。

「沒來的，我會去帶他來上班。」

看著璉夢的笑容，瑛昭不禁為那些沒來上班的執行員捏一把冷汗。

他們……鐵定會後悔今天沒來上班吧。要是今天以後，他們能得到教訓，曉得上班日該乖乖進公司，那也是一件好事吧？

璉夢離開辦公室後，好不容易等到獨處時間的瑛昭，立即看著季望初發問。

「季先生，你跟我父親——」

「他是神，我是人，我們之間沒有、也不會有任何特殊關係，他對我另眼相看只是覺得我有趣，我對他沒耐心是因為知道他個性惡劣，我敢給他臉色看是因為我不怕死，而我之所以願意維持基本的禮貌面對他，不是因為他的身分地位，是因為他將我從靈界最深處的監獄帶回來，好歹算是我的恩人，這些資訊夠了吧？你應該不需要再多問什麼了吧？」

季望初連珠砲一般丟出來的話語，讓瑛昭足足愣了五秒，才擠出一句話。

「你是會讀心嗎？」

他不是第一次這麼想。某些時候，季望初的反應就是會讓他覺得自己如同被讀心一樣，什麼想法也藏不住。

「哪需要讀心，你想問什麼都寫在臉上了。本來我還在想，到底是什麼樣的神才能養出你這樣的兒子，結果原來是沒在養啊。」

什麼叫做沒在養啊？剛剛我就想問了，這句話到底是在嘲諷我父親，嘲諷我，還是在誇我？季先生說的話有時候真的很難判讀。

「父親大人聽到你這麼說，一定很不高興，你最好不要在他面前說第二次。」

要是璉夢鐵了心要出手滅殺季望初，瑛昭自認沒有能力阻止，賭上性命也不能。

「這種程度的事無所謂的，只要我還能給他帶來樂趣，又沒有犯下什麼嚴重的罪孽，他就不會讓我從這個世界上消失。畢竟我是他好不容易發現的『寶石』

嘛。」

季望初這麼說的時候，顯得很不愉快。

為什麼我覺得季先生比我還了解我父親？我沒看過父親大人這一面，是因為神界沒有讓他感到有趣的人嗎？

「季先生，你說父親大人個性惡劣，具體來說是什麼狀況，能不能舉例一下？」

瑛昭認為，璉夢多半不會回答他這個問題，他如果想知道，只能問季望初。

無論季望初有沒有將過往說出口，只要他在心裡回憶過一遍，瑛昭就能用讀心的方式取得自己要的資訊。因此，問完問題他就開起讀心能力了，但他讀到的，卻是與問題不怎麼相關的話語。

『這傢伙跟自己父親的感情到底好不好啊？瞧他這個態度，該不會我說一說，他就要崩潰表示「我父親才不是那種人」然後指責我說謊了吧？』

這段心音讓瑛昭愣了愣。

如果可以，他實在很想告訴季望初：不，我才不會說這種話，我只是想知道他是哪種人啊——！

第三章

在讀到那種心音的情況下，季望初開口回答之前，瑛昭飛快補上了一句話。

「你可以大膽說沒關係，我對父親大人的認識不深，想多了解他的各種事情，從你口中說出來的，感覺有一定的可信度，所以我才問你。」

說完這些後，瑛昭繼續讀心，準備聽聽看自己的話有沒有效果。

『通常跟父親不熟的孩子，渴望知道父親的事，應該是想聽好話吧？真麻煩，難道要挑一些瑾夢難得好心的事情來講？那能講的也太少了吧？而且他剛剛問的是惡劣方面，現在才改口說你父親其實人很好，他也不會信啊。』

……季先生，你想太多了，我真的沒有逼你說好話的意思，我想了解父親大人也只是基於好奇，不是基於孺慕之情，你不需要考慮那麼多啊！

啊，不過……要是聽到了想都沒想過的糟糕內容，那我該怎麼做？

瑛昭思考了一下自己有沒有做好選邊站的心理準備，然後很快有了結論。

如果是父親大人太過分，站在季先生那邊做些能力範圍內能做的事，我還是能辦到的！

「你等一下。我先想想有沒有什麼有點惡劣又沒那麼惡劣的事情。」

此時，季望初終於開了口，從他的話聽來，他的想法似乎介於說實話與不想說實話之間，正在掙扎。

於是瑛昭按照計畫讀心，立即讀到一些讓他無言以對的東西。

『為了想聽我吃各國料理的感想，在一天之內逼我吃十餐，這算是有點惡劣又沒那麼惡劣嗎？食物的話題是不是比較能讓瑛昭大人產生共鳴？』

『或者……因為對我的任務表現不滿意，要求我先在滿是鏡子的房間裡鍛鍊演技跟各種表情，然後同一個任務跑二十幾次，直到達成他心目中的完美？這種程度的惡劣，算不算是他能接受的範圍？』

『為什麼我要替他考慮這麼多啊，這傢伙真是有夠麻煩，超級麻煩！』

季望初想著想著，漸漸惱羞成怒，瑛昭則正在消化自己得到的資訊，因而陷入呆滯狀態。

那麼過分的事情，還被分類為有點惡劣嗎？那更惡劣的是什麼樣的事？

父親大人是不明白人類的極限在哪，還是不把人當人看啊……這種事他鐵定不會覺得自己有錯，季先生當時到底有沒有反抗呢？

……雖然反抗應該也不會有用。

「瑛昭大人，我仔細想想，決定還是不說了。無論如何，他是你的父親，也是我的恩人，我不想在背後說他壞話，這些事你想知道的話就自己設法去問他，我們開始今天的工作吧。」

最後，季望初的決定是什麼也不吐露。瑛昭對此深感無奈，但也不好再追問下去。

「好，那就開始召喚靈魂吧。」

瑛昭本想先旁觀任務轉換一下心情，然而今天的簽約十分不順，從第一個靈魂開始就有各種問題。

『**我是個平凡的大學生，我有追一套漫畫，在我死的時候還沒完結，我一直心心念念想看到結局，所以才不想去投胎。能幫我完成這個願望嗎？**』

第一個靈魂提出的願望乍聽之下很簡單，但季望初一聽說漫畫叫什麼名字，就黑著臉拒絕了。

「作者還在拖稿中，到現在也沒完結，過十年再來吧，再見。」

說著，他將人打發回靈界，隨即準備召喚下一個靈魂。

「季先生，你一聽就知道那是什麼漫畫，應該有看過吧，很好看嗎？」

可以讓人產生執念不想去投胎，應該很好看吧？

面對這個問題，季望初沒有立刻回答，而是先問了他一句話。

「神可以使用神力讓一個拖稿的作者趕緊交稿，完成作品嗎？」

「呃……也許可以，但我不會那麼做。」

「那就別問了，也不要看，作者有生之年都不曉得會不會畫出結局。」

在瑛昭配合地點頭後，季望初便召喚了下一個靈魂。

第二個靈魂的要求太過簡單，簡單到季望初沒興趣接，直接就轉給其他執行員，於是他們又召喚了第三個。

接著是第四個、第五個……不是簽約失敗，就是季望初不想簽約。蹉跎到接近下班時間時，璉夢回到了辦公室，看起來不太高興。

「父親大人，您那邊結束了？看了幾個？」

瑛昭知道璉夢可以幻化出分身，同時觀看好幾個執行員的任務過程，所以才這麼問。

「我挑了四個。不得不說，現在的執行員真是太讓我失望了。」

聞言，瑛昭臉上一僵，忍不住擔心了起來。

我就知道其他執行員無法讓父親大人滿意，想逃離廢部的命運，果然只能靠季先生了嗎？

「您可以說說看感到失望的地方，我再試著讓他們改善？」

瑛昭不想直接放棄，他還想掙扎幾下，看能不能挽救一點。

「失望的地方……是全部。」

璉夢淡淡地說著，以嚴厲的標準開始批評。

「工作不積極，只想賴在人界，簽約也不積極，只想挑簡單的做，任務過程手法粗糙，缺乏好好完成任務的心，這些執行員的靈魂已經完全沒有活力，死氣沉沉，黯淡無光，我不認為有什麼改善的必要，直接退回靈界就好。」

直、直接退回靈界？這麼嚴厲嗎？四位都是？裡面是不是有王寶華啊？難道另外三個被抽查的，業務水準與態度都跟他差不多？

如果是這樣，那真的挺令人絕望的，我們部門到底還有沒有值得培養的執行員？現有的執行員要是大半都得退回，又沒有新人加入，那……廢部好像也是合理的決定……？

不行！季先生還想留在這裡工作！我說過只要他留在這裡一天，我就會是第十九號部門的部長，承諾怎麼能因為廢部而失去意義呢？一定得讓父親大人改變想法！

「父親大人，您這是要馬上砍掉四名執行員嗎？我想確認一下，部門規模縮減，會不會影響您的評估？」

「放心，最終結果與留下的人數無關。」

璉夢在這麼回答後，又補充了一句。

「就算只剩下一個人，只要他值得，第十九號部門就可以為了他繼續存在。」

說著，他還看了季望初一眼，似乎意有所指。

我還是覺得……父親大人就是衝著季先生來的。如果他對任務過程要求很苛刻，明天來旁觀任務，會不會意見很多，一直干擾任務進行啊？

「哇，真不知道哪個執行員能有此等殊榮，我拭目以待。」

季望初事不關己地這麼說，臉色依舊難看。

「阿初，我期待那個人就是你。這麼久不見，你應該學習了很多技能，明天可別讓我失望啊。」

璉夢索性直接指名，渾然不在乎自己是否給人造成壓力。

目送他離開後，瑛昭摸上水晶球，一臉擔憂。

「季先生，反正下班時間快到了，今天就先到這裡吧，我先研究一下水晶球的新功能，要是你覺得工作不該帶回家，我就留在公司加班。」

「加什麼班啊，研究那顆水晶球是那麼重要的事嗎？」

一聽他說要加班，季望初就語氣不善了起來。

「我總要搞清楚父親大人加的那些新功能有沒有什麼漏洞可鑽，看明天能不能幫到你啊，異世界的任務，萬一連你也搞不定的話，第十九號部門不就沒救了嗎？」

季望初將瑛昭的焦慮看在眼裡，忍不住提醒了他一句。

「在你父親眼皮子底下，你覺得自己有本事動手腳？」

「我……」

好像沒有。我可能真的沒這個本事。

意識到這一點後，瑛昭不禁沮喪垂頭。

「沒本事對吧？那就回家乖乖休息睡覺！任務的事情船到橋頭自然直，沒必要煩惱那麼多！」

聽他這麼說，瑛昭面上浮現出幾分茫然無助。

「可是，異世界的任務充滿未知性，萬一任務太難，根本無法成功——」

「那就讓它失敗。」

季望初毫不猶豫地這樣回答後，又補充了一句。

「你父親看重的從來都不是任務有沒有成功，他只在乎過程是否能讓他感到有意思。搞不好他還比較希望任務失敗，畢竟失敗就賺不到積分，執行員就得在這裡待更久，體驗更多任務目標的人生。」

「……」

這樣聽起來，父親大人的性格真的有點扭曲呢……不曉得父親大人自己有沒有意識到這一點？說不定他覺得自己是為了執行員好，完全不認為自己有問題呢？

「季先生，你就一點也不擔心第十九號部門會被廢部嗎？我總覺得父親大人評估的重點就是明天的任務，我以為你的壓力會很大……」

莫非季先生很有自信，覺得憑藉自己的能力與對父親大人的了解，明天一定能讓他滿意？

「我當然會擔心。說真的，當了那麼久的執行員，要是被送回那個什麼都沒有的黑之海，在那裡當海底垃圾，恐怕很不習慣。但我不會為此特意討好璉夢，我願意做的就是認真對待明天的任務，剩下的聽天由命。」

「咦？但……你為了找到害你的人，寧願在第十九號部門待這麼久，這件事對你來說，難道沒有重要到不擇手段也要繼續嗎？」

面對這個問題，季望初皺起眉頭，過了一會兒才答覆。

「某些情況下，我會不擇手段，但現在這種情況……我不會。」

瑛昭讀了心。於是季望初說完這段話後，心音便傳了過來。

『璉夢那個變態，要是發現我刻意迎合他的喜好做任務，事情就變得更麻煩了。他要嘛立刻覺得一切都很無趣，要嘛自認拿捏住我的罩門，提出更無理、更得寸進尺的要求，所以無論如何都不能這麼做！』

……原來我父親是這樣的人，謝謝你又讓我多認識了父親大人不同的一面。

「那……要是最後父親大人判定廢部，你有想好接下來該怎麼辦嗎？」

瑛昭現在沒有任何想法，所以他想聽聽季望初的意見。

「有啊。雖然我不想討好璉夢，但我覺得——討好你是一件我能接受的事。」

季望初說著，面上露出了淺淺的笑容。

「就算第十九號部門不在了，以瑛昭大人的能耐，還是有可能去黑之海把我撈出來，放到其他部門工作的吧？我相信你不會不管我的。」

因為完全沒想到會聽到這種話，瑛昭當場呆了好幾秒。

讀心還在進行中，季望初的心音再次傳來。

『**別告訴我不行！房租車錢飯錢欠了這麼多，總該認帳吧！**』

……

季先生，我只是反應慢了點，你用不著這樣……欠的人情我都有放在心上，我不會不管你的啦。

「咳，我覺得你的想法很好，只要父親大人沒禁止我去靈界撈人，要將你從黑之海帶出來，我應該是辦得到的。」

說完這番話後，瑛昭又補充了一句。

「就算他不允許，我也可以拿我欠你人情的事來跟他談，我想他會退讓的。」

聽他這麼說之後，季望初才露出滿意的神情。

「謝謝瑛昭大人。今天晚上想吃什麼？回家路上買食材，我什麼菜都會做。」

「咦？怎麼忽然讓我點菜？」

瑛昭不解地發問，季望初則以理所當然的語氣做出回答。

「不是說要討好你嗎？」

等等，討好我的方式就是煮我想吃的菜給我吃？怎麼又是食物！

「沒有其他的討好手段了？」

「你要我用別的方式討好你？想要我怎麼做，你直接說啊。」

季望初大方地這麼表示，瑛昭則沒想過這個問題，因此不知道該怎麼回話。

我想要季先生怎麼做？我……我還真沒想過，要做什麼事情才能討好我。一般來說，我感到開心，通常都是取得成就感的時候，所以……該怎麼讓季先生給我成就感呢？

難道我應該讓季先生教我做菜？如果能做出讓他稱讚的菜，就會有成就感了吧——不，總覺得難度太高，而且我對學習做菜沒什麼興趣，我本來就不是特別愛吃的人，有人做好吃的給我吃就好了，又何必自己學著動手？

那我還能要求季先生做什麼呢？難道真的只能點菜？

啊，等等，我想到了——

「季先生可以更信任我一點的話，我會很高興的。」

瑛昭看著季望初，認真地說了下去。

「比如，告訴我過去的事，告訴我你仇人是怎麼害你的，還有開放二樓以上的區域讓我上去，允許我隨時去看大衛王……這些事情可以嗎？你同不同意？」

他說到一半才想到把大衛王加進去。那隻龍貓實在太可愛了，先前季望初只答應他一天可以上去看一次，但對他來說根本不夠，要是任何時間都能上去看，對他來說也是一件值得高興的事。

「……為什麼這種事能討好你？讓我公開更多隱私，會讓你感到開心嗎？」

季望初的回應充滿了防備心，瑛昭不禁感到無奈。

怎麼說得好像我是刺探隱私的壞人一樣？我只是想多了解季先生一點，也好知道能不能幫上忙，或是在言行中注意不要踩到他的雷點啊，無論是部長對員工的立場，還是交朋友的立場，對於季先生，我目前了解的事情都太少了，莫非試圖踏進他畫的圈子裡，就是一件觸及他雷點的事？

「季先生，你有交過朋友嗎？」
「沒有。」
「好巧，我也沒有。」
瑛昭說完這句話就沒再說下去，因為他一時想不到該接什麼話。
雖然我沒認真交過朋友，但我並不排斥拓展一下我的人際，只是以前在神界的時候沒遇到特別想結交的對象而已。就是不知道季先生有沒有交友的意願？
「所以呢？瑛昭大人是想跟我交朋友嗎？但你根本沒有交友經驗，現在想使用的交友方式又是從哪一本書上看來的？」
季望初以嘲諷的語氣這麼問，瑛昭聽了，內心十分無奈。
我忽然有個想法，季先生跟我父親講話的時候，會不會也常常這樣陰陽怪氣的？如果他都這樣跟父親大人交談，那父親大人特別整他，好像也是合理的事……
「季先生覺得，從書上看來的交友方式不可靠嗎？」
「你最近看的書都是小說，不可靠的機率很高。」
「那麼，季先生可以教教我如何跟人交朋友嗎？或者該說，如何跟你交朋友？」

他這個問題似乎難倒了季望初。見季望初沒有立刻回答，瑛昭馬上決定讀心。

『這是什麼狀況？這傢伙到底想怎麼樣啊！神跟人交什麼朋友，有沒有一點神的自覺？就算他不是神，上司想跟部下交朋友，也只會帶給部下困擾啊，懂不懂啦！』

『他把話說得這麼明白，我是要怎麼拒絕？我才沒興趣跟人交朋友呢！任何事情扯上跟感情有關的人際關係就會變得很麻煩，況且彼此之間有利益需求才適合當朋友吧？我沒有什麼能給他，我也不怎麼想利用他，到底為什麼要交朋友！』

季望初心中激烈的吶喊讓瑛昭相當意外。他沒想到季望初的反應會這麼大，也不知道上司提出想跟部下交朋友，是一件不妥的事。

看來……我真的給季先生帶來了很大的困擾？如果他真這麼不想跟人交朋友，要不然就別勉強他了？但我又怕這個時候收回自己的話，他會覺得我是在耍他，怎麼辦呢？

『慢著，他提了那堆交友要求搞不好是為了隱藏真正的目的，說不定他的真正目標是大衛王？他裝做順帶地提出隨時探望大衛王的條件，就是想讓我誤以為這件事沒那麼重要，因為他不想被看出自己覬覦我的貓？』

……

季先生，你的思考到底偏到哪去了，怎麼會做出這種不可思議的結論？我承認大衛王確實非常可愛，但我沒必要用跟你交朋友當藉口來提出隨時探望的要求吧？還是說，你覺得自己不可愛，比不上大衛王，所以才產生如此荒謬的懷疑？

「季先生？你能回答我的問題嗎？」

瑛昭決定先催季望初面對問題，不要想這些有的沒的。

「……要跟我交朋友，首先必須經濟獨立！所以你現在還不行，就這樣。」

季望初似乎想一句話就打發他，偏偏這個條件，瑛昭現在確實無法達成。

經濟獨立？這是什麼要求？分明是針對我吧？

緊接著，季望初的心音就證明了他想的沒錯。

『**這傢伙現在最大的弱點就是窮，提出這種條件，他應該好一陣子都不會再來煩我了吧？**』

『**我想想，為了讓他維持沒錢的狀態，我是不是不要那麼努力做任務比較好？雖然平時也沒多努力，但可以更不努力一點吧？**』

季先生！太過分了！不想跟我交朋友就直說啊！有必要用這麼迂迴的方式拒絕

我嗎？居然還想故意偷懶，讓公司收入減少！你這是公器私用，公報私仇了耶？請你好好工作！

「也就是說，我必須從你家搬出去，吃住交通全靠自己，才有資格跟你交朋友？我早就說了，我可以睡公司，而且我不用吃飯也能活，還是我今天就搬走？」

瑛昭在說這些話的時候，多少有點動氣，季望初的心音則再次激動起來。

『**住公司？不吃飯？他是認真的嗎，明明是個貪吃鬼，還很愛泡澡，居然為了有資格跟我交朋友，飯不吃了，澡也不泡了，做出這麼大的犧牲？而且……搬出去的話就見不到大衛王了吧？所以真的不是假藉跟我交友，實則想摸貓？**』

我不是貪吃鬼！這個誤會到底要持續到什麼時候？

「就算你這麼做，也只是不花錢，不等於經濟獨立。經濟獨立是要有自己的可支配收入的！」

「只要薪水都不發，我就會有錢了！」

「啊？你要改當惡毒上司了嗎？」

「當惡毒上司才有資格跟你交朋友啊！」

在瑛昭不滿地喊出這句話後，季望初先是露出一言難盡的表情，接著疲憊地看了看時鐘。

「下班時間到了，走吧，瑛昭大人，今天晚上你到底想吃什麼？」

……季先生現在是打算用食物混過這個話題？我們還沒談出一個結論耶！

「我要睡公司啊，哪需要走？」

「別再說什麼睡公司了，我承認剛才的交友條件只是隨便說說而已，行不行？大衛王隨便你看跟摸啦！至於二樓以上，還有我過去的事……」

季望初停頓了好一會兒，才勉為其難地開出新的條件。

「先撐過你父親那關再說。只要沒廢部，我就告訴你。」

*

這天晚上，瑛昭得到了一頓豪華大餐。季望初要他點喜歡吃的菜，但他覺得這些日子以來吃的料理都很不錯，沒有特別的偏好，索性便上網查詢有什麼很厲害又難做的菜，狠狠點了十道，讓季望初的錢包出點血。

他點的菜裡面，有些前期準備工作比較久，有的食材沒辦法立即買到。瑛昭在同意換掉買不到食材的菜色後，針對準備時間較久的料理，提出了一個解決方案。

「我可以用神力籠罩住廚房，讓裡面的時間流速變慢或加快，這樣料理起來就沒有問題了吧？」

瑛昭的本意是解決眼前的問題，但季望初一聽，便用異樣的眼神看向他。

「平時明明很不願意動用神力，現在居然毫不猶豫就決定動用，只為了能順利吃到想吃的菜，你到底有多迷戀人界的美食啊？」

聞言，瑛昭想死的心都有了。對於這越來越深的誤會，他已經徹底放棄澄清，乾脆就這麼默認下來，自暴自棄地要求季望初去買食材。

等到這頓完全超過兩人食量的大餐準備好後，坐在餐桌前的瑛昭想了想，覺得貪吃鬼還是有分種類，如果不能洗掉這個印象，至少也得讓季望初知道，自己可不是什麼都吃的。

「季先生，有件事情，我必須認真嚴肅地跟你說清楚。」

聽到這種開場白，季望初一面擺餐具一面挑眉瞥了他一眼。

「你又想澄清自己不貪吃了嗎？如果是這個，你就不必說了，我一向不管別人說了什麼，只看別人做了什麼，有些事情用講的是沒有用的。」

雖然瑛昭現在想澄清的不是這件事，但聽了這種話，他的心情依然十分不美麗。

所以我應該從今天開始絕食才有說服力嗎？算了，我不是要說這個，先別跟自己過不去……

「不是，我要說的是別件事。」

「那你說吧。」

季望初漫不經心地回應，似乎不認為他要說的是什麼重要事情。

「我想說的是，你可以認為我貪吃，但能讓我貪吃的只有你親手做的料理！我對那些味道普通的食物沒什麼興趣，所以不要一看到吃的就覺得我一定想吃，沒有這回事！」

瑛昭認為，季望初應該可以接受這種說法，但看了季望初的表情後，他立刻覺得不妙，連忙讀心。

『我……生平第一次遇到有人用這種表情跟台詞來稱讚我的廚藝。他難道不覺得這些話會讓人聽了感覺很彆扭嗎？要不是知道這傢伙心思單純，我簡直要以為他對我有意思——不，仔細一想，他明確表達了對我的廚藝有好感，之所以想跟我交

朋友，說不定也是為了這個？』

這次讀心讀到的內容，讓瑛昭吃驚之餘，也再度不曉得該如何面對自己造成的誤會。

我跟人交流、表達意思的能力，真的有這麼差嗎？為什麼我的話老是能衍生出很多奇怪的意思？難道我真的該請父親大人教我該怎麼說話？

「如果我失手做得很難吃，你也吃嗎？」

此時季望初不知懷抱著什麼心情問出了這個問題，瑛昭一聽，馬上覺得這是個澄清的好機會。

「當然不吃啊！重點不在於是不是你做的，重點是美味！你做出來的如果不好吃，那我一樣沒有興趣。」

這樣說就可以了吧？我這種說法應該沒問題了？

「……喔。知道了，為了討好你，我會盡量小心不失手的。」

咦？這語氣怎麼……好像有點冷淡？

瑛昭正疑惑著，心音就傳了過來。

『我開始懷疑他是不是會為了食物翻臉的那種人了，如果我端難吃的東西給他

吃，他會不會個性大變直接發飆？』

……很好，我在季先生心中，又變成另一種人了。我還是閉嘴乖乖吃飯吧，反正季先生說，話語不重要，重要的是行為，我只要問心無愧地表現出自己真實的樣子，遲早有一天他會了解我是什麼樣的人，對吧？

在各種狀況的交織下，儘管桌上的料理色香味俱全，瑛昭仍吃得食不知味，還被季望初關心，是不是調味不合胃口。

就寢之前，瑛昭上了一趟二樓，去探望養在房間裡的那隻小龍貓。大衛王似乎已經認定他是會給零食的人，一看他出現就跳到籠子門前站著，痴痴地看著他，那可愛的眼神使瑛昭覺得，毛茸茸的小動物確實很能撫慰人心，只要看一看摸一摸，心中的煩惱與焦慮就能減少許多。

「大衛王，萬一第十九號部門廢除，你就沒主人了，我總不能把你帶回神界養吧？不過，你這麼可愛，送養一定能很快就找到主人，只是不知道你會不會傷心。」

他一面摸大衛王，一面杞人憂天地煩惱起小龍貓的未來歸宿。

同步進行中的讀心，也傳來了大衛王的心聲。

『摸夠了沒，摸了這麼久，該給點好吃的吧？』

『再不給好吃的就不給摸了喔。』

『還是不給嗎？你是不是想白白占我便宜？』

很顯然，這隻可愛的毛茸茸生物只在乎吃的，牠才是真正的貪吃鬼。

「大衛王，你真的聽不懂人類的語言嗎？我聽說龍貓很聰明的啊。」

瑛昭戳了戳大衛王的鼻子，但大衛王的心音依舊專注在零食上，看來確實聽不懂——或者是聽不懂這一句。

明天要開啟的異世界任務，不知道會連接到什麼樣的世界？會有比較不尋常的委託嗎？

……只要不是生孩子的任務就好，我現在只求這個。

*

次日，瑛昭跟季望初一起準時抵達公司，在他們進辦公室的時候，璉夢已經等在裡面了。

「忘了問你上班時間是幾點，所以我提早過來了。瑛昭，水晶球研究得如何？有沒有什麼想問我的？」

這位父親今天依然很想指導自己的兒子，只可惜瑛昭昨天下班前沒時間，下班後又沒把水晶球帶回家，沒怎麼研究過的情況下，自然也擠不出問題來問璉夢。

如果我大方承認自己還沒研究，會不會讓第十九號部門廢部的機率上升？還是想辦法敷衍過去好了，這種時候太過老實，感覺不會有什麼好結果……

「我還在研究，目前還沒有想請教您的問題。」

得到這樣的答覆後，璉夢露出失落的表情，但他並沒有揪著這件事不放。

「那你們就開始工作吧。目前系統的原理是隨機連接一個異世界，再從中抽選委託靈魂，沒辦法加入條件事先篩選異世界的背景。」

「連接完成後就能看到異世界的背景元素了？那如果不喜歡，可以重新連接別的異世界來進行考核嗎？」

瑛昭抱持著僥倖的心理這麼問。隨機連接的情況下，要是異世界的背景太衝擊，任務難度恐怕會高到難以想像。

「不喜歡？執行員不應該太挑剔，無論喜不喜歡，任務過程的體驗才是最重要的，如果他們不喜歡，你就同意他們不做，會寵壞他們吧？第十九號部門讓執行員留在這裡，可不是為了提供他們輕鬆玩樂的環境。」

璉夢的態度很明確，顯然，只要他在場，他們就別想重新抽選世界。

「另外，連接完成後能否查詢世界背景，要看連接完成度，有的異世界比較難連接，連上之後自然就看不到多少資訊，只能聽靈魂口述。異世界靈魂的記憶簽約後不會自動取得，必須得到對方同意才能查看。」

聽完這些多出來的基本限制後，季望初眉頭深鎖，瑛昭則追問了一句。

「該不會召喚過來的靈魂都沒聽過第十九號部門，還得先跟他們自我介紹，取得信任吧？」

「瑛昭，你想太多了，我做的系統沒有那麼陽春。抽取靈魂的時候會對靈魂展示介紹，願意打從心底相信我們的靈魂才會被接過來。」

所以您做的系統還能判定靈魂的內心想法？那……那真是挺厲害的。看來對父親大人施展讀心能力的事，真的是想都不要想，被抓包的機率恐怕很高啊……

「我明白了，總之，先試用看看就知道了吧？季先生，神力已經輸入，權限也開給你了，進行連接與召喚吧。」

「好的。」

季望初說著，使用執行員靈魂識別連上水晶球，瞳孔中的編號隨著系統啟用而閃動。很快的，異世界連接成功的信號傳來，經歷短暫的等待後，一個模糊的身影漸漸在辦公室中心顯形。

瑛昭想先查詢世界資訊，但水晶球顯示異世界的連接率只有百分之四十五，無法查詢資料，這不免讓他感到洩氣。

也太倒楣了吧？才剛說連接率低會導致無法查詢，結果第一次連接就遇上了，資訊越少進行任務越不利啊，到底是我特別不幸還是季先生特別不幸？

相較於瑛昭的頭痛，季望初看起來處變不驚。在房中的靈魂完成塑形，化為一名面帶迷茫的俊秀青年後，他說出了瑛昭熟悉的開場白。

「代號Ｄ01號墨輕玄，這裡是第十九號部門，你應該知道我們為什麼召喚你。說說你的故事吧，為什麼你不願意轉世？」

若要說異世界的靈魂與原世界的靈魂有什麼不同，瑛昭一眼看去，最直觀的想法就是——長相不同。

與原世界的靈魂相比，青年的長相可說是非常好看了。由於自身外貌的優勢，瑛昭很少欣賞別人的長相，這是第一個讓他下意識覺得「長得挺不錯」的靈魂，也不知是青年本身條件好，還是這個世界的人普遍貌美。

青年初來乍到，似乎對周遭的一切都很好奇，在聽到季望初呼喚自己的名字後，才回過神來。

『啊……不好意思，已經很久沒跟人講話了，忽然之間要我說話，我……我可能需要組織一下語言。』

異世界所使用的語言必然與這裡不同，但他們能正常跟青年溝通，這顯然也是璉夢製作的系統發揮了作用。

此外，這次系統直接顯示了靈魂的姓名，瑛昭覺得這是個不錯的新功能。

「慢慢來，不急。你可以先想想自己不肯投胎的原因，再想想你希望我們藉由模擬幻境替你做什麼事，然後決定一下，是否對我們開放你的記憶。」

季望初以平靜溫和的聲音這麼說，像是想先取得一點信賴感。畢竟，委託者越配合，他就能取得越多資訊，這對任務的進行會有很大的幫助。

為了幫上忙，瑛昭也開始讀心，試圖了解青年此時的想法，以及對方是否表裡如一。

他聽見青年內心先評論了室內的裝潢設計，接著開始好奇這裡的三個人中，總共有幾個是神。

而青年在將目光移到他臉上後，就沒再挪開了。

『哇，好美的人喔，他也太漂亮了吧，第一次看到比輕染還好看的人，他應該就是神了吧？只有神才能長這麼好看吧？』

接著，他在心裡反覆讚嘆瑛昭的外表，像是盯著瑛昭看就能滿足似的，完全沒去想其他事情。

對於他這種用外表來判定地位的想法，瑛昭十分無語。

你現在應該做的事，難道不是釐清思緒，準備回答季先生的問題嗎？為什麼你只顧著欣賞我的長相，一點都沒有動動腦袋思考委託的意思？我是不是該善意提醒他一下？

「我看你好像對這裡很好奇，不過現在重要的是你的事情，想好要怎麼開口了嗎？」

可惜的是，瑛昭出聲後，並沒有得到自己想要的效果。青年傻呼呼地看著他，語帶崇拜地說了一句讓人無言的話。

『您……就是召喚我來的神吧？能得到您的垂憐，我已經很高興了，如果您希望我去投胎轉世，我會乖乖照辦的。』

同時，他心中再次盛讚瑛昭的美貌，並深深覺得自己能被抽中是非常幸運的事。

……你願意去轉世，是很好的事，可是我們找你來的目的不是這個啊！我也是昨天才知道轉不轉世不是重點，重點是讓你提供人生歷練機會給執行員！還是我們直接送你去轉世，找下一個？

但這個人看起來很好說話的樣子，他的委託會不會比較好完成？這樣的人，放在心裡的糾結與遺憾，說不定不是什麼很難的事？

「我們可以直接送你去轉世，但難得有機會可以回顧人生，看看其他的可能性，你就不想試試看嗎？」

一旁的璉夢以誘惑的語氣插話，看來他並不贊成直接把人送走。

『啊，要是不會太麻煩你們的話……』

「不麻煩，這本來就是第十九號部門的工作。」

璉夢笑著回答，說得一派輕鬆，畢竟負責這項工作的人是季望初，不是他。

父親大人，您怎麼把話說得這麼滿？第十九號部門也不是什麼委託都接的啊，太困難的委託我們還是會拒絕的好嗎，難道您已經打定主意，不管對方要求什麼，都會讓季先生去做？

『那……我先做個簡單的自我介紹吧！我叫做墨輕玄，是墨家家主的第六個兒子，雖然我只是個普通人，但父親從小就十分寵愛我。這麼多年來，我都過著順風順水衣食無憂的生活，然而二十二歲生日那天，我忽然暈倒，接下來的一切……就像作了一場惡夢一樣，就這麼一直夢到我死亡為止。』

唔，突然暈倒？莫非又是那種突然檢查出絕症的案例？

瑛昭注意到話語中的資訊，而季望初注意到的細節與他完全不同。

「你說你『只是個普通人』？你們世界還有什麼不一樣的人嗎？」

『噢，我們世界有普通人跟能力者，能力者還有很多等級分類，總之，普通人只占世界人口兩成左右。由於普通人不具備特殊能力，通常地位不高，在家族裡也不會有多好的待遇，所以我一直覺得自己很幸運，儘管我自身沒有多大的價值，父親仍然對我很好。』

墨輕玄的說明讓大家對這個異世界有了更深一層的了解，瑛昭則在聽完之後皺起眉頭。

能力者的能力應該就是超能力、魔法之類的東西吧，這個世界有這種人，而且還占了多數，也就是說，季先生使用他的身分執行任務，形同是先天不良的狀態？畢竟那些能力，聽起來不是透過努力就能學習的，必須天生具備資質才行，好像有點棘手啊。

「繼續吧，如果還有需要說明的地方，我會問你。」

『好的。總之……我在生日宴上忽然昏迷，醒來時身在一個陌生的地方，那陣子我的意識都不怎麼清楚，我只知道，好像是輕染擄走了我，而我的身體不知出了什麼問題，昏睡的時間越來越長，清醒的時間越來越短，還時常全身無力。更可怕的是，我每次醒來，身邊幾乎都有屍體，輕染不是正在殺人，就是已經殺完了人，我覺得很害怕，又搞不懂為什麼會遇到這種事，但我也不敢硬要他說清楚，後來我甚至……不太敢跟他講話……』

唔？所以到底是不是絕症路線？事情聽起來很複雜耶？

「輕染是誰？」

為了搞懂人物關係，季望初問了這個問題。

『輕染……算是我同父異母的弟弟之一吧，父親有很多私生子，他是其中一個，也是家族中天賦最出色的人才，前途不可限量的那種。所以我才搞不懂，為什麼他要綁架我？把我擄走能得到什麼好處？要說跟我父親勒索錢財，也不合理啊，以父親對他的看重，他如果想要錢，直接跟父親說就好了吧？』

墨輕玄面帶困擾地說到這裡，先是嘆了一口氣，接著又自言自語了幾句。

『而且，再怎麼說我也是他的哥哥，小時候還幫過他，那些被他殺掉的人，很多也是父親大人派來救我的吧，有必要這麼殘忍嗎……』

他所陳述的內容，透著些許不尋常的氣息。因為瑛昭同步讀心，所以能得知他沒有說謊，整件事究竟是怎麼一回事，墨輕玄確實不清楚。

「那麼，你知道自己是怎麼死的嗎？」

季望初冷靜地追問，墨輕玄則面有愧色，露出了難以啟齒的表情。

『我是自殺的。』

「自殺？為什麼？」

『那段期間，輕染帶著我逃亡，看到那麼多人死去，感受自己的身體慢慢變差，又不知道這條路的終點在哪裡，實在太痛苦了……我覺得，只要我死了，一切就能結束，再也不會有人前仆後繼地來送死，對我來說，這樣就足夠了。』

直到此刻，墨輕玄的內心才吐露出一點不一樣的東西。

他嘴巴上說這樣就已經足夠，心音卻仍擔憂著墨輕染，並感嘆第十九號部門只能模擬生前狀況，無法得知死後的事，功能有點雞肋。

如果墨輕染對他來說只是個邪惡的綁架犯，那他還會關心對方的死活嗎？好多奇怪的地方，只靠委託者的口述，資訊根本不夠，果然還是得看看記憶嗎？看記憶的時候，多少也能得知一些委託者當時的情感與想法，不曉得能不能推敲出有用的線索？

「那麼，如果能回到過去，你有什麼希望我們幫你改變的事？」

好不容易終於進入詢問遺願的環節，墨輕玄在稍作猶豫後，輕聲開口。

『我還是想弄清楚輕染這麼做的原因是什麼，看能不能勸他回頭，不要拿自己的未來開玩笑吧。』

他的請求讓瑛昭更加看不懂他們之間的關係，但他看到璉夢揚起了嘴角，似乎覺得事情很有趣。

糟糕，父親大人一臉就是準備看好戲的樣子啊，人質勸綁架犯收手，這種事情怎麼想都不太可能辦到吧？

「那如果，已經沒有回頭路了呢？如果在綁架你之後，他就注定死路一條，甚至穿越回他綁架你之前，他只要不綁架你，也照樣是死路一條呢？」

季望初提出了假設性的問題，問得墨輕玄呆滯了好幾秒，彷彿從未想過有這種可能性。

『你是說他可能犯了什麼禁忌之類的……但這是建立在我很重要的前提下吧？問題就是，我一點也不重要啊，父親寵愛我，也只是單純提供良好的物質生活給我，事實上他並不看重我。如果跟家族利益有衝突，我相信他會毫不猶豫地放棄

我，以價值來考量，輕染絕對比我重要幾百倍吧。』

「這只是你單方面的想法，說不定你真的很重要呢？否則你被綁架之後，為什麼會有那麼多人不怕死地去救你？」

季望初的話讓墨輕玄一時語塞，看樣子，他也想不出合理的解釋。

「為了讓任務更順利，你願意交出你的記憶讓我們查閱嗎？願意的話，我們確認過後就可以簽約了。」

理論上，記憶應該簽約後才索取，現在季望初先索取，璉夢也沒多說什麼，算是默許了他的做法。

從一片混亂中回神過來的墨輕玄，在思量片刻後，最終還是點了頭。

*

隨著連接完成，屬於墨輕玄的記憶便在他們眼前展開。

一開始出現的，是小時候的記憶。在墨家大宅中長大的他，從小就被呵護著養育，他沒有吃不飽飯的時候，也沒有遭遇困難需要求助的時候，通常他需要什麼，就會有人給他，他的生活中不存在煩惱，世界上所有負面的、陰暗的事，彷彿都與他無關，直到他無意間走到大宅偏院的那天。

那是個陽光明媚的日子，原本正在午睡的他中途醒來，在保母沒注意的情況下自己溜出去亂晃，就這麼晃到了從來沒去過的地方。

那時墨輕玄的認知裡，不存在危險這個詞。事實上，他也沒遇到危險，他只是撞見了一個比自己還小的小孩。

他是被微弱的咳嗽聲吸引過去的，循著聲音走到偏院的一間小屋舍後，墨輕玄貼著窗戶看見床上躺著一個瘦小的孩子，正難受地蜷曲身體，縮在被子裡發抖。

基於好奇與關心，他推門走入室內，想湊近看看那個孩子的狀況。

床前突然出現的陰影，讓孩子警覺地睜眼，那雙左右眼不同色的眼睛，讓墨輕玄驚訝得張大了嘴巴。

後來他才知道，這雙漂亮得讓他見一次就忘不了的眼睛，被大家說是妖瞳，是汙穢不吉的象徵，加上對方私生子的身分，被帶回墨家大宅後沒人護著，這才過得如此狼狽。

墨輕玄對生病這件事還是有概念的，見他一副不舒服的模樣，擔心地慰問了幾句，便跑去找僕人張羅了一些食物跟藥品一起帶過來，看著小孩乖乖吃下，才放心地離開。

從僕人口中得知那是自己同父異母的弟弟後，他極為震驚。明明也是父親的孩子，為什麼過的生活差這麼多？小小年紀的他不能理解，隔天見到父親後，他便提了提自己的疑惑，希望父親能多關照弟弟，就算不寵他，至少也讓他過跟其他弟弟一樣的日子，生病餓肚子沒人理會，實在是太可憐了。

父親微笑著答應了他，後來他再去相同的地方，已經找不到人，漸漸就將這件事拋諸腦後，沒再想起那個與眾不同的弟弟。

下一次再聽說這個弟弟的消息，已經是對方表現出超乎尋常的能力者天賦，被家族寄予厚望，著重培養的時候了。

直到那時，他才知道對方叫做墨輕染，在千年難得一見的天賦面前，關於妖瞳的流言自然直接被壓下去，沒有人敢再提。墨輕玄看到新聞時，是因為那雙眼睛才認出對方的，照片上的墨輕染已不是當初那副面黃肌瘦的樣子，變成了一個容貌精緻，眼神銳利的少年。

從那個時候開始，墨輕玄就莫名關注這個弟弟的消息，為他又一次創下各種紀錄而感到高興，並在各種汙衊他的謠言出現時，在心裡為他抱不平。

他不知道自己為什麼會如此關注墨輕染。也許是因為憧憬，也許是因為羨慕，而無論如何，他衷心希望對方能越來越好，這其中寄託著他對這個世界的嚮往——也包含了他對墨輕染的欽佩。

從當初那個沒人理會的小可憐爬到現在的位置，到底要付出多少努力才能辦到呢？

他想像不出來。他只知道，墨輕染一定很不容易，一定經歷了很多旁人難以想像的事情。

儘管他總是很在意跟墨輕染有關的事，但他卻一次也沒去找過對方。畢竟他們之間，除了幼時見過的那一次，就沒再有任何交集，墨輕染是能力者，他則是個普通人，他們形同身處不同的世界，也不會有共同的話題。

這個世界是由能力者支撐起來的，大部分的普通人都只能依附能力者生存，而墨輕染不只是墨家最優秀的能力者，甚至還有望成為世界最頂尖的那一批，他如果用小時候的事情去攀關係，感覺就好像看人家變厲害了，有價值了，才黏上去交好似的，墨輕玄不喜歡被當成那樣的人。

他覺得自己只要默默關注對方就夠了，這種關注或許會一直持續到他成家，到他年老，那時墨輕染可能已經成為一個非常了不起的人，他則會因為這個人是他的弟弟，而感到驕傲。

轉眼間就到了二十二歲生日那天，父親說這是個值得紀念的日子，必須好好為他舉辦一個盛大的生日宴。墨輕玄覺得二十二歲生日跟往年的生日沒什麼不同，不明白父親為什麼這麼說，但他還是微笑著接受了父親的好意，配合父親的所有安排。

那天到底出了什麼事，他無論重複審視自己的記憶多少次，都找不到答案。

他只記得，接待完賓客後，父親帶他進了一個密室。他在父親的邀請下與他對飲了一杯酒，接著父親說什麼話，聽在他耳中都很模糊，他感覺自己的心臟劇烈跳動，然後眼前一黑，就這麼昏了過去。

昏迷期間，他隱約感知到外界很不平靜。他以為是在作夢，直到他在睜眼的瞬間，看見一截靜置在自己眼前的人類斷臂。

那截斷臂還在流血，空間中也充滿了血腥味，墨輕玄腦袋空白了一秒便失聲尖叫，同時他聽見旁邊傳來了慘叫聲，順著聲音看過去，正好看見慘叫的人被一道光剖成兩半，當場橫死。

從小到大猶如在溫室中成長的他，這輩子都沒看過這種殘酷又可怕的畫面。

當殺死那個人的青年朝他走過來時，他已經嚇得快瘋了。極度驚嚇的情況下，他恐慌到連站都站不起來，偏偏身後就是牆壁，沒有後退的地方，墨輕玄驚叫著要對方別靠近，語無倫次地求對方不要殺自己，他那看見惡魔般的反應讓青年腳步一頓，停在了原地。

『墨輕玄，冷靜一點。我不會傷害你。』

就在這個時候，青年開了口，發現沒辦法讓他停止尖叫後，青年果斷地一個箭步上前，就這麼敲暈了他。

在被敲暈之前，他們打了個照面，映入眼簾的臉孔讓墨輕玄為之一愣，但來不及多做思考，他就失去了意識。

再次醒來時，他依舊能聞到淡淡的血腥味，但這次他沒有身處什麼兇案現場，而是身在一個破舊的小房間內。

那股血腥味來自坐在床邊，正在包紮傷口的青年。

被打暈之前看到的畫面，是真實存在過的嗎？墨輕玄忽然懷疑起自己的記憶。

只因他這回徹底看清楚了青年的容貌，與他身上最好認的特徵——那雙異色眼睛。

『……墨輕染？』

這個人不應該出現在他身邊，也不應該做出那種事。這個人應該是光明美好，且遠在他無法觸及的地方，他們兩人的世界不應該有交集，過去沒有，未來也不會有……

『你記得我？』

青年俊美的臉上浮現出意外的神色，其中還夾雜著少許驚喜，甚至他說的是「記得」而非「認得」，但那個時候的墨輕玄似乎沒注意到這些細節。

『在墨家，沒有人不認得你吧。』

說完這句話後，墨輕玄便顫抖著聲音，質問對方為什麼要殺人，為什麼要綁架自己——他先入為主地認定這是一場綁架，這或許是因為先前看到的畫面太過衝擊，又或是因為，他只能想像出這種可能性。

在他的指責與質問聲中，墨輕染的眼神漸漸黯淡。他沒有解釋自己的行為，只冷淡地回了一句話。

『就當是我綁架了你吧，那你想怎麼樣？』

墨輕玄被問住了。他結結巴巴地要求對方送自己回去，也毫不意外遭到拒絕，接著，室內便進入了令人窒息的安靜狀態，墨輕染看起來不想說話，墨輕玄也不知道能跟他說什麼。

他想站起來挪動位置，卻發現自己全身無力，心中的驚恐與不信任感，讓他忍不住又問了一個問題。

『**為什麼我全身都沒什麼力氣，你對我下藥？**』

他這個問題讓墨輕染看向他，沉默許久後才冷淡地開口。

『**你覺得是我？**』

墨輕玄一時之間答不上來。

這到底算是承認，還是否認？到底有被下藥，還是沒有被下藥？

一連串的問題在墨輕玄的腦袋裡盤旋，到最後他也沒出聲，而他的沉默，則被當成默認。

『**墨輕玄，我們接下來還有很長一段時間要相處。希望你能盡早習慣殺人的場面，至少也得練到看見屍體後還吃得下飯。**』

此時墨輕染打開一個便當，坐到他身邊，將他扶起來，墨輕玄則驚恐地瞪大了眼睛。

『你要做什麼？』

『不是全身都沒有力氣嗎？』

說著，他拆了一雙筷子，開始夾肉。

『張嘴，我餵你。』

這到底是不是綁架犯的惡趣味？墨輕玄不知道。

他在害怕與恐懼的情緒中吃完了那頓飯，吃得食不知味。

接下來的幾天，墨輕染確實說到做到，沒有傷害過他。不僅如此，墨輕染還十分照顧他，不管自己吃什麼，他一定有菜有肉，不管自己睡什麼地方，他一定有床能躺。

時常陷入昏睡的他，每次都不曉得自己睡了多久，所以他也無法計算被綁架以來，到底過了多少天。

也許三個月，也許六個月，唯一能用來感知時間的，就是自己慢慢變長的頭髮。

他始終沒辦法習慣醒來就看到屍體這件事，而另一件事，則將他對墨輕染的恐懼推到了一個新的高度。

墨輕染帶著他逃亡的過程中，從來沒告訴過他目的地與原因。

他曾經問過一次，得到的答覆是：你不需要知道這麼多。

按照墨輕染的說法，無論他知不知道，都不會改變什麼，以他的個性，知道了反而會產生更多疑問跟煩惱，還不如直接當作是一趟未知的旅程，乖乖跟著走到最後。

這種說法，墨輕玄只能認同一半，他認同自己無法改變什麼，即使他現在健健康康，也沒有能力逃脫。向外界求助也是一件沒有意義的事，那些人又不是不知道他在哪裡，只是每一個來的人，都被墨輕染殺了，根本沒有人救得了他。

至於在墨輕染跟人動手時設法算計他，這種事情墨輕玄想都沒想過。就算這個弟弟在他心裡的形象已經不是當初純然美好的樣子，但對他而言，他依舊希望墨輕染好好的，重歸應有的道路，別招惹那些不好的事情。

雖然他心中隱隱約約覺得，殺了這麼多人以後，墨輕染可能再也無法回到原本的生活了，不過他心中依舊希望有奇蹟出現，即便這種想法非常對不起那些被殺的人，他仍難以控制地祈求弟弟的平安。

對墨輕染的情感，使他成日遭受良心的責備，看著那些死不瞑目的人，在認定他們都是為了營救自己才死的情況下，墨輕玄的情緒越來越低落，也越發不想跟墨輕染交流。

逃亡過程中，墨輕染時常受傷，有時候戰鬥太久，能力使用太頻繁，墨輕染便會處在一種精力透支的狀態，整個人看起來蒼白憔悴，盯著他的眼神則像是餓了三天的人，使他極為恐懼。

某天他終於知道，那種被當成美食看的感覺並不是錯覺。那天墨輕染受了比較重的傷，他忍不住關心了幾句，沒想到墨輕染盯著他看了幾秒後，就直接朝他撲過來，在輕易壓制住他後，對著他的脖子，張口就想咬。

突如其來的變故讓墨輕玄嚇呆了，疼痛感襲來時，他尖叫著，還以為自己就要當場斃命，沒想到這個時候，墨輕染忽然悶哼一聲，臉色難看地退後。

墨輕玄看見墨輕染胸口多了一個傷口，似乎是他剛剛自己傷的。重傷自己，或許是為了喚回神智，他在拉開距離後，丟下一句對不起，便倉皇離開了房間。

脖子上被咬的那一口，只造成輕微破皮，相較之下墨輕染自殘的那一下嚴重多了。他不知道對方去了哪裡，如果不在附近的話，這似乎是一個逃跑的好時機——只要出去之後找個地方躲藏起來，先躲過墨輕染的搜尋，就可以設法連繫上父親，請父親接自己回去了吧？

想歸想，他最終還是什麼都沒有做。雖然他今天有站起來走動的力氣，但不知道為什麼，他就是不想逃。

直到他再次昏睡之前，墨輕染都沒有回來，而他下一次睜開眼睛時，已經被墨輕染帶到別處。

日復一日的逃亡生活出現了些許改變。過去墨輕染一直都跟他同處一室，自從那天過後，墨輕染只要受了重一點的傷，就會主動迴避，不跟他待在同一個空間。

或許是前來營救的人一直失敗，所以來的人一次比一次強，他甦醒時看到的戰鬥現場越來越慘烈，墨輕染身上也總是帶著血味。

『輕染……你到底要帶我去哪裡？這一切究竟什麼時候才會結束？』

後來他終於忍不住問了這個問題——這個他一直沒有深究的問題。

『你不需要知道。』

墨輕染依舊以敷衍的態度，冷淡地回答同一句話。

『那你覺得，我到底需要什麼？』

他的語氣帶著顯而易見的疲憊，墨輕染應該也聽出來了。於是，沉默良久後，墨輕染給了他一個明確的答案。

『你需要好好活著。』

聽到這樣的答覆，墨輕玄無奈地笑了笑，沒有開口爭論。

說什麼我需要好好活著，你才需要好好活著吧？你才是有價值的人，到底為什麼要綁架我亡命天涯？如果真的希望我好好活著，讓我待在墨家大宅不是更好嗎？

他難以形容那種無力又無望的感覺，只能任由這種感覺包裹住自己，將自己拖下萬丈深淵。

那一刻，他心裡其實已經有了決定。既然墨輕染無法告訴他旅途何時才是盡頭，那他就自己結束這痛苦的一切吧。

有了決定後，他便開始尋找動手的時機。不久之後，墨輕染又一次受了重傷，得到獨處機會的他，抓緊時間，在室內找到了能夠傷人的利器。

在真正下手自殺之前，他還是有幾分猶豫的。畢竟，要是可以好好活著，誰會想死呢？

只可惜他說服不了自己。只要他死了，就不會再有救援者上門送死；只要他死了，墨輕染就不必再經歷越來越困難的戰鬥……他不用害怕哪天醒來看見的是墨輕染的屍體，也不必再糾結於腦袋裡那堆得不到解答的「為什麼」。

最重要的是，只要他死了，至今為止的一切痛苦，就通通可以結束了。

輕染，對不起，我實在沒辦法再堅持下去。

他在心裡向墨輕染道歉。儘管墨輕染是綁架他的人，但這段時間裡，墨輕染對他照顧有加，看不出半點惡意，因此直到最後，他仍無法對這個比自己小一歲的弟弟生出惡感。

隨著利器劃破喉嚨，墨輕玄的記憶也就此結束。

＊

看完這段灰暗又陰沉的記憶後，季望初眉頭深鎖，璉夢面帶微笑，瑛昭則心情沉重，頭也有點痛。

記憶裡那種壓抑的氛圍與情緒的傳遞，特別是最後自殺時的心情，都是他不曾經歷過的。在成長背景與性格能力都不同的情況下，他很難換位思考，現在他能做的，也只剩下嘗試分析墨輕染隱瞞的事情。

從記憶看來……墨輕染應該不是壞人啊，綁走墨輕玄是有原因的吧？感覺線索還是太少，只能靠季先生進任務之後了解了嗎？

「父親大人，任務完成與否也是考核評分的項目嗎？」

瑛昭忍不住先問了璉夢這件事。比起委託者或事件真相，他更在乎的還是部門存續問題。

「這當然也是評分項目之一，還用問嗎？瑛昭，你之所以會問出這個問題，是不是因為你對阿初沒有信心？」

璉夢含笑反問後，瑛昭連忙否認。

「不是，我只是覺得線索太少，任務難度高了點……」

「瑛昭大人。」

就在這個時候，季望初叫了他一聲，打斷了他的話。他唇邊帶著淺淺的笑意，彷彿已經胸有成竹。

「對我來說，線索已經夠多了，這個任務我可以接，您放心。」

什麼？線索已經夠多了？剛剛那些記憶裡有很多線索嗎？我怎麼都沒有發現？我的觀察力跟季先生有差這麼多嗎？還是季先生假裝有自信，其實只是在安撫我？

「不愧是我寄與厚望的執行員，阿初，那就趕緊簽約吧，期待你的表現。」

璉夢露出了十分滿意的笑容，其中似乎還帶了一點欣慰。

「墨輕玄，我需要確認清楚你的要求。第一點是搞清楚墨輕染擄走你一路逃亡的原因，第二點是讓墨輕染放棄原本的想法，避免最慘烈的結局，對嗎？」

墨輕玄點了點頭，然後略帶遲疑地問了一個問題。

『你們是在進行什麼考核嗎，我是不是造成了困擾？不然第二點改一下也是可以的。』

他看起來是那種不願意給人添麻煩的個性，但是，有璉夢在這裡，他們就算不想麻煩，也得麻煩。

「不需要修改，既然是考核，就不該放水。阿初，快把合約弄一弄讓他簽吧，我等著看任務過程呢。」

在璉夢的催促下，季望初無可奈何地快速擬訂好合約，一樣以魔法的形式呈現在墨輕玄面前，待墨輕玄簽上自己的名字，合約便有了效力，系統也開始建構任務所要使用的虛擬世界。

「父親大人，在異世界連接率不高的情況下，建構出來的虛擬世界會不會有一些缺漏？」

瑛昭盡可能提出各種他想到的問題，以免季望初進入任務後吃虧。

「你說的那種情況，要連接率低到某種程度才會發生，百分之四十五還可以，不會出事。」

百分之四十五還可以嗎？那要百分之多少才不行？該慶幸沒抽到連接率更低的世界嗎……要是在滿是破洞的世界進行考核，那就更艱難了……

「要是進去之後遇到那種狀況，應該就可以放棄任務直接找下一個委託者了吧？」

「嗯？你這是不相信我說的話，覺得百分之四十五還是有可能出問題嗎？無論如何，合約都簽了，至少也跑過一次流程再說吧？」

聽到這種話，瑛昭看向璉夢的眼神頓時充滿懷疑。

父親大人，您該不會是想先說沒問題，騙季先生進去執行任務之後才說自己估算錯誤吧？我真的可以相信您嗎？

「世界建構完畢。那麼，我現在就開始進行任務。」

季望初沒理會他們的交談，報告完就直接進入了虛擬世界中。

事已至此，瑛昭也只能開啟螢幕，開始觀看任務過程了。

第五章

原世界的靈魂，進入任務時會是他們最悔恨的時間點，但異世界靈魂的任務，進入的時間點就不一定了。

按照璉夢的說法，一般來說還是會選在死亡歲數半年內的時間點，往前跳一點頂多幾年，要是不小心隨機進入幼兒甚至嬰兒時期，可以重新進入任務，他沒有意見。

季望初不清楚自己會被傳送到哪個時間點，但他已經做好準備。他記得墨輕玄的記憶中閃回的每一個畫面與細節，這能幫助他確認自己處在什麼樣的狀況下，也可以對照記憶的後續發展，快速做出反應。

仗著強悍的記性，每一次執行任務，他都是這樣處理的。此時，隨著身體建構完成，他感覺到自己被壓制著，壓在自己身上的那名男子正低下頭，彷彿就要咬上他的脖子。

他立刻就知道了現在是墨輕玄記憶中的哪個橋段。按照他的觀察，當時讓墨輕染暫時恢復神智的，可能是墨輕玄的尖叫，但他並不想尖叫。

在決定要簽約接下任務時，他就已經決定，進入任務後，絕對不在墨輕染面前尖叫，也絕對不表現出害怕他的態度。

不過，這不代表他要放任墨輕染咬破自己的喉嚨。

以墨輕染當下的狀態，肯定不知留手，這一口咬下去，季望初可不知道自己還有沒有命在。根據他的判斷，只要有聲音就夠了，於是，在頸部皮膚感覺到嘴唇的觸感時，他一面扭開頭，一面喘著氣開口。

「墨輕染！清醒一點，你在做什麼？」

他的聲音確實起了作用，墨輕染在他的喝斥下忽然頓住，隨後抬起頭來與他對視。

實際以墨輕玄的視角近距離面對這張傾世絕艷的臉孔時，季望初不禁覺得，墨輕玄在認定對方是個殘忍又可怕的綁架犯時，還能一心為對方著想，是否有一部分的原因是因為這張臉太漂亮，所以下意識不願意將他想成壞人？

雖然要論美麗的話，還是瑛昭大人最美。

這個念頭冒出來後，季望初閃神了一瞬，連忙提醒自己任務中不要分心想別的事情。

「……哥？我……」

墨輕染的臉上出現了少見的茫然與恍神，幾秒後，他終於回過神來。意識到自己剛剛想做什麼之後，他的眼中流露出深深的羞愧。

「對不起，嚇到你了。」

說出這句話後，墨輕染迅速起身，就要離開房間。

季望初本想叫住他，但想了想，還是打消了念頭。他覺得先花點時間搞清楚自己的身體狀況也不是壞事，反正只要他不自殺，時間就還有很多，不必急於一時。

首先需要了解的，就是墨輕玄長時間的睡眠與身體時常全身無力的問題。這個異世界的人，身體結構雖然與他待的世界有差異，但沒有差很多，應該可以稍微研究看看。

季望初雖然沒有特別鑽研醫學，不過長年做任務做下來，他懂一些醫理，也很擅長評估自己身體的狀況，連中醫的把脈都會一點。一番研究與測試後，他得出了幾個結論。

身體表面找不到任何人為的傷口或陳年傷痕，可以排除近期注射過東西或過去動過手術的可能。至於是否被餵過藥，因為缺乏專業的儀器，沒辦法進行檢測，昏睡的問題能否靠意志力克服，也得試試看才知道。

這時季望初忽然想到，瑛昭說過，他開發出了阻斷執行員痛感與各種不舒服神經反饋的功能，那麼昏睡感能否消除呢？全身無力這種負面狀態，又是否適用？

對他來說，這次的任務，能夠使用活動力正常的身體，會有很大的幫助。不過，要是璉夢將這種功能視為作弊，就得不償失了。

他拖著虛弱的身體，在室內進行了一番搜索。這裡似乎是有人居住的民宅，也不知屋主人去哪了，他正處在民宅的其中一間房間裡，房間的主人應該是一名男性，短短十分鐘內，季望初不僅收穫了一把折疊刀，還找到了一些報紙與雜誌，為了多加吸收異世界的訊息，他以一目十行的實力快速看完了。

透過那些雜誌，他得知了一些能力者從事的工作，也對能力者能辦到什麼事有了初步概念。

報紙上有墨輕染的高額懸賞，但卻對墨輕玄被擄走一事隻字未提，在心中彙整訊息後，他更加肯定了自己的猜想，接著，就等找個機會跟墨輕染攤牌，以證實他所想的真相到底正不正確。

關於能力者的事，墨輕玄本身所知不多，他獲知消息的管道被控管，幾乎等同於沒接觸過外面的世界。記憶中那些有關墨輕染的報導，也都是墨輕玄從墨家對內公告的消息網看來的，消息網通常著重與墨家相關的消息，世界局勢、各大勢力之類的資訊，根本一點都看不到。

季望初一面想一面惋惜房間裡沒有電腦之類的東西，無法快速獲取更多訊息。儘管他對自己很有信心，不過他還是更喜歡資訊充足，掌握全局的感覺。

依照墨輕玄的記憶，他應該再過半小時左右就會陷入昏睡中，那時墨輕染還沒回來。他一面思考自己還能利用這半小時做什麼，一面思考自己如果躺在這裡什麼都不做，觀看任務過程的璉夢會不會覺得很無聊。

雖然他打算按照自己的步驟做任務，不打算為了璉夢的觀影體驗多耍花招，但以往的經歷仍使他內心有一點陰影。

真希望這些年過去，那傢伙的耐心能有所增長，不要再動不動就叫人重跑任務。

季望初在這麼想之後，決定躺回床上休息。經過剛剛短暫的搜索，他本來就不多的體力已經消耗了不少，這也讓他再次肯定，使用這副身體做任務，會有很多不方便之處。

隨著時間過去，昏昏欲睡的感覺逐漸湧上，他開始試著用自己知道的各種方式來抵抗。值得慶幸的是，抵抗有用，痛感使他稍微恢復清醒，但清醒了五分鐘後，睏倦感再次浮現。

也許借助提神藥物，效果會更好一點。跟墨輕染談判完，說不定可以要求他提供？以他的能耐，弄一些藥物應該不是什麼很困難的事吧。

此時他沒有更好的提神方法，索性放任自己昏睡過去。

反正他記得下次醒來時是什麼狀況，現在睡覺不會有危險——正確來說，只要墨輕染在他身邊，他就不會有什麼危險。

*

墨輕玄在被墨輕染帶著逃亡時，一直過著時日不知的生活，換成季望初，他可不想如此渾渾噩噩地過。即便無法用異世界身體的生理時鐘得知睡了多久，他還是有辦法透過一些細節的交叉對比來知道時間。

根據他的推測，他這次昏睡的時間大約是兩天半。一次能睡這麼久，睡覺時又不用補充營養，無論怎麼看，這具身體都很有問題。

季望初睜開眼睛時，墨輕染正抱著他快速行進，幾個閃現間，便脫離了原先的戰場，他來不及看到戰局有多慘烈，只能看著墨輕染額上流下的鮮血，滴到他乾淨的衣服上，留下觸目驚心的血痕。

墨輕染咬牙忍痛，一聲不吭地帶著完全沒有戰鬥力的他躲到下一個落腳處。這次的落腳處環境比較差，是一棟廢棄的樓房，墨輕染像變魔術一樣拿出一條乾淨的毯子鋪到床上後，就將他放了下來。

也是在這個時候，他才注意到季望初已經醒來，正蹙眉看著自己。

「你在這裡休息一下，我去找點吃的，很快就回來。」

無論墨輕染看起來多狼狽，他還是不忘優先安置好墨輕玄。就算墨輕玄沉睡時不需要進食，墨輕染仍以正常人的角度考量他會不會餓，盡可能替他準備食物。

而他自己在戰鬥中不知受了多少傷，墨輕玄卻始終一塊皮也沒碰破。按照季望初的想法，除非是瞎了，否則誰都能看出墨輕染對墨輕玄的照顧與維護。墨輕玄鐵定也能感受到這些，偏偏又想不出合理的解釋，才會困在無解的情緒中，糾結到甚至不願意轉世。

「你不用收拾收拾再去嗎？」

或許是墨輕玄太久沒跟他說話，聽見這個問題，墨輕染僵了幾秒，才冷淡地反問。

「你是覺得我這個樣子會嚇到人？這是無謂的擔心，我不會讓別人看到我的模樣，否則光是眼睛這麼明顯的特徵，就足以嚇死那些傢伙了。」

「我不是說這個。我的意思是，你難道不先處理你的傷口？不管是療傷還是包紮，你現在都很需要吧？」

這種像是在關心自己的話語，明顯讓墨輕染很不習慣。他停頓了一下，接著便轉過身，迴避季望初的目光。

「這點傷不礙事，死不了的。如果你嫌血腥味太重，我出去之後再處理就是了。」

儘管墨輕染的語氣有點冷漠，但他顯然會在乎墨輕玄的感受。他似乎不想繼續糾纏下去，一回答完這句話，就直接從原地消失，也不知用的是什麼能力。

人已經跑了，季望初無可奈何，只能靜靜等待對方歸來。

墨輕染出去的時間沒有很久，大約半小時就回來了，他帶回了兩顆飯糰，還有幾個三明治，看見這些食物，季望初眼角一抽，立即就聯想到瑛昭。

除了飯糰跟三明治，墨輕染還另外提了一個紙盒，走到床邊後，他先將紙盒打開，原來裡面裝的是炒過的肉跟菜。

「今天有力氣嗎？有的話我把食物放在這裡，你自己吃，沒有的話我先餵你，餵完我就出去。」

在墨輕玄的記憶裡，就是從這一次開始，墨輕染只要受了比較嚴重的傷，便不會跟他一起待在同個空間，除非需要餵飯。季望初想改變這件事，他一面說自己沒力氣，一面琢磨開口的時機。

以墨輕染的性格，一開始就單刀直入肯定比試探或激將法好。他骨子裡有屬於天才的驕傲，以及藏得更深的深刻自卑。他不屑於解釋誤會，只專注地做自己決定好的事，這樣的人，唯有全然的信任才能突破心防，讓他卸下防備。

於是，季望初在順從地吃了幾口墨輕染夾過來的肉後，忽然盯著他，以語不驚人死不休的心態說了一句話。

「輕染，其實我一直有關注你的消息，血緣上我們是兄弟，但我心裡之前都把你當偶像崇拜，你是我的憧憬，我很想成為像你一樣的人，只是我覺得自己不配跟你接觸，所以除了關心和你有關的事，別的我什麼都不敢做。」

此話一出，墨輕染夾菜的手一抖，整個人瞬間僵化。

除了他，僵化的還有另一個人，就是正在觀看任務進行的墨輕玄。

『……他、他、他……他怎麼說出來了？他怎麼可以說？怎麼能讓輕染知道這種事？』

看著墨輕玄臉色蒼白語無倫次的模樣，瑛昭只能為他默哀。

依照經驗，季先生他不只會說，還會做，那些你難以想像的話跟難以接受的事情，待會可能都會有，你還是先做好心理準備吧……

「說出來會怎麼樣嗎？覺得丟臉？」

璉夢笑笑地看著墨輕玄，像是覺得他大驚小怪。

『當然很丟臉啊！無論是偷偷關注還是……什麼想成為像他一樣的人，我明明

沒有說，他怎麼會知道？這種事情被知道，我都沒臉見輕染了！』

墨輕玄又急又氣，彷彿不敢繼續看下去，瑛昭則在這個時候納悶地問了一句。

「你們本來就見不到面了啊，應該沒關係吧？」

『……話不是這麼說的，我還要繼續看任務啊，那我就會知道輕染的反應了，要面對這些很尷尬的——』

「那你也可以不要看啊，我們可以讓你去別的地方休息，等快要結束再讓你回來，轉述重點給你聽，需要嗎？」

璉夢微笑著打斷了他的話，並提出這樣的選擇。墨輕玄沉默半晌後，小聲婉拒了。

『謝謝您的好意，不需要。』

看來他雖然內心糾結，卻依舊想親自看看後續發展。

「不客氣。那就堅強一點，看看那些你不敢做的事情發生之後，會有什麼改變吧。」

璉夢說完，就繼續關注螢幕上的狀況，不理他了，瑛昭則在思考過後，決定先不告訴他自己可以傳訊息給季望初。

反正……這次的任務委託人滿不滿意不是重點，重點是父親大人滿不滿意，對吧？如果轉述太多委託人的意見，季先生束手束腳的也不好發揮，所以還是讓季先生自由地執行任務吧。

……況且，就算轉述了，季先生也可能當耳邊風，他向來不喜歡委託人對任務有過多干涉。

＊

一片死寂中，季望初觀察著墨輕染的神情，墨輕染則僵著臉，雙眼緊盯著他，像是想盯穿他的腦袋，看清楚他說話的意圖般，就這麼僵持了一分鐘。

「你是想動之以情，說服我送你回墨家嗎？放棄這種念頭吧，沒用的，從一開始我就沒考慮過讓你回去。」

他冷靜地說著這種像壞人的台詞，彷彿一點也不在乎被討厭。但季望初知道，他是在乎的，他不可能不在乎。

「不，你猜錯了，正好相反，我只是想——」

「是嗎？我有猜錯？」

墨輕染冷笑著打斷他的話後，語帶嘲諷地說出自己的猜測。

「你覺得我會相信？接下來你是不是要說，我有大好前程，不該誤入歧途，及早回頭說不定還能讓父親原諒我？為了勸說我，還要裝出崇拜過我的樣子，演得不錯，但沒什麼意義。」

不得不說，他對墨輕玄的性格把握得很準。然而此時的墨輕玄是季望初，因此墨輕染只說對了一句，就是「演得不錯」。

崇拜他的是原來的墨輕玄，季望初確實是演出來的，只是他有把握演得比墨輕玄更真。

靠著他超群的記憶力與推測能力。

「墨家的新聞公報上，你一共出現過六十三次，其中五十八次有照片，三十三次是獨照。」

「什……」

沒等墨輕染反應過來，季望初就繼續說了下去。

「六十三張照片上，你穿紅色衣服的次數是四十九次，紫色衣服九次，藍色衣服四次，白色衣服一次。你身高一百八十一，不喜歡跟人有身體接觸，吃肉會想吐，此外，你在學期間打架致殘一百六十七人，致死十三人，代表墨家出席過四次交流會，拒絕過三次聯姻，最後一次可能是推不掉，於是岳家大小姐成了你只見過幾次面的未婚妻——」

他一股腦說出了一堆和墨輕染有關的情報，直到墨輕染從震驚轉為失神，季望初才故作無奈地說出結語。

「本來不想讓你知道的，怕你覺得我很奇怪，也怕你會不舒服。可是你不肯相信我，我只好努力拿出點證據來，證明我真的很關注你。我可以不記得父親大人的身高體重跟生日，但你的事情，只要我看過，就一定會記下來。」

墨輕染顯然被這番告白打得措手不及，螢幕外的墨輕玄同樣被嚇得不輕。

『我沒有！我沒有這樣！我是很關注輕染，但我不會記得那麼瑣碎的事情啊！他為什麼要讓我看起來像是個變態，輕染難道不會覺得這樣的我很噁心嗎？』

墨輕玄的反彈很激烈，要是可以的話，他應該很想進去摀住季望初的嘴，叫他不要再說了。

對於他的崩潰，瑛昭抱以同情，璉夢則依舊覺得這些都沒什麼。

「還好吧？我覺得還不夠喪心病狂，至少也該汙衊你剪報之後墊在枕頭下睡，順便描述一下這麼做之後的旖旎夢境才對啊，這樣應該會更加衝擊。」

父親大人，您不是神而是魔鬼吧？您想看的任務過程，需要做到這種程度才夠嗎？您是不是只想看到更加混亂的局面，在這個前提下，連合理性都不管了？

『**輕染是我弟弟！我對他才沒有這種背德的情感！**』

墨輕玄崩潰到連靈魂的顯形都不穩了起來，但璉夢就像沒看到一樣，愉快地繼續建議。

「以前沒有，現在可以有啊，人死了就沒那麼多禁忌了，你可以自由自在地喜歡你弟弟，誰也不會指著你鼻子罵你變態。」

『**問題是我沒有啊！我們之間不存在那種情感！**』

在他激烈否認後，璉夢又補上一刀。

「嗯，你對你弟弟沒有，但你怎麼知道你弟弟對你沒有呢？」

『……』

璉夢提出的可能性，讓墨輕染震驚得張大了眼睛。

「先別急著否定，你又不是你弟，你無法知道他有沒有。」

『……』

「我看得多了，你弟那樣的人，我瞧一眼就知道不正常，至於是哪方面的不正常，有待時間驗證。」

『……』

「你覺得呢？如果你弟喜歡你，你會覺得他噁心嗎？」

父親大人……您一直用荒謬的猜想來打擊委託人也就算了，居然還要逼他跟著想像，然後回答您的問題，您……難道是想刺激人家拋下這可怕的一切，早日去投胎？

『如果……如果輕染喜歡我……』

墨輕染痛苦地呻吟了一聲，看起來光是用想的都很糾結。

『不行，我想像不出來，我真的想像不出來……我相信他不會的……』

見璉夢還想再說點什麼，瑛昭連忙出聲制止。

「父親大人，好了吧，別再逼迫他了，就算存在這種可能性，只要他不知道，就可以當作不存在啊。」

他這句話讓璉夢對他露出了讚賞的笑容。

「你不會聊天的特性用在這裡還不錯，可以多多發揮。」

……父親大人這話，不管怎麼聽都不是在誇我。我又說錯什麼了嗎？

瑛昭納悶的同時，螢幕上，墨輕染終於有反應了。

*

「你如果肚子不餓的話，我就先出去了。」

說罷，墨輕染放下手中的東西，就起身打算離開。從他匆忙的態度看來，他似乎是想藉由離開來逃避面對季望初。

然而，都開口了，季望初當然不會讓他就這麼跑掉。

「墨輕染，你給我站住！你知道我用了多大的勇氣才說出這些話的嗎？你曉不曉得我多害怕曝露出自己的秘密，會被你嫌棄？我只是想好好跟你談一談過去與未來的事，你這麼急著逃走，是覺得我噁心討厭，不想跟我待在同一個空間裡嗎？如果是的話，你現在離開，我不會再有任何意見，但如果不是，你就不怕我誤會之後會難過？」

他用豁出去談判的氣勢喊出了這些話後，墨輕染不得不停下腳步，回過頭澄清。

「不是討厭，也沒有覺得噁心……」

「好，那你要怎麼證明？」

「……」

聽他這麼問，墨輕染無言之餘，神色中也多出了幾分委屈。

「留在這裡好嗎？輕染。」

見他態度有所軟化，季望初放柔了聲音，恢復了原先虛弱的模樣。

「雖然我還不清楚一切，但我需要的，不只是活著而已。我需要你陪在我身邊，我需要知道自己身上究竟發生了什麼事，不管真相是什麼我都能接受。這些日子我觀察了很多，也想了很多，其實你一直在保護我，對不對？」

他這一番話說完，兩人沉默對望幾秒後，墨輕染總算收回握在門把上的手，走回了他身邊。

「無論真相是什麼，你都能接受？」

面對他的確認般的詢問，季望初堅定地點了點頭。

＊

『輕染……一直是在保護我？』

看到這裡，墨輕玄喃喃自語了一句，像是惆悵又像是恍然，唯獨沒有震驚。

他的表現，讓瑛昭覺得，墨輕玄或許心裡也有過猜測，只是不敢面對，也不敢追根究柢地問。

「其實你也猜過這個可能性？怎麼活著的時候不自己問呢？」

璉夢似乎對他的內心想法很感興趣，當下便問了起來。

『……這種可能，每次浮現我就會忽略。我既害怕問出來之後他否定，也害怕問出來之後他說事情就是我想的這樣。』

所以是與否你都害怕？為什麼啊？

「可以說說看理由嗎？我想知道跟我猜的一不一樣。」

璉夢微笑著繼續追問，但他的問法讓瑛昭很無語。

您只是想確認自己的猜測準不準嗎？這種問法會讓人不太想回答吧？如果要鼓

勵對方說出心裡想法，用有同理心一點的問法會比較好一點，父親大人您這樣問，感覺就只是要對方滿足您的好奇心而已，不好啦……

『如果他否定了我的猜想，說自己不是在保護我，那他其實是個好人的可能性就消失了，我實在不想把他當成壞人。而如果他說我猜的沒錯，那……我從小到大經歷的一切，是否都是謊言？父親對我的寵愛，是否也是假的？畢竟，輕染的選擇是帶著我離開墨家一路逃亡，他也沒有任何盟友，那麼他所對抗的，會威脅到我生命的，不是父親就是整個墨家了吧……』

墨輕玄越說越灰心，璉夢則略帶興味地又問了一個問題。

「那你為什麼會定下搞清楚真相的願望呢？生前不敢面對，死後卻敢面對了？」

父親大人——克制一下啊，他會回答您的問題，是他人太好吧？換成別的靈魂，說不定就翻臉了！

『死亡之後，我才發現逃避無法使我真正放下。我會一直忍不住去想當初沒得到的答案，然後不甘心就此轉世，忘記一切……幸好世界上是有神的，謝謝你們看到了我的煩惱，給了我這樣的機會。』

面對他天真的發言，瑛昭簡直不知道該怎麼回答才好。

不，我們沒有看見，你只是運氣比較好被隨機抽到而已。我現在有點概念了，直接說出事實會打擊到他吧？所以我現在含糊帶過就好，不需要特別回應這句話，對不對？

瑛昭想是這麼想，但他無法控制璉夢的發言。

「不用謝謝我們，你只是被隨機抽中而已，而且我們做這種事的主要目的也不是幫你解決煩惱，完成你的願望只是順手為之。」

璉夢過於誠實的話語讓瑛昭頭痛了起來，墨輕玄則在聽完之後一臉訝異。

『那……你們的主要目的是什麼？』

「是給我們的員工一個體驗別人人生的鍛鍊機會！謝謝你提供自己的經歷，我相信他一定能學到很多東西！」

為了避免璉夢說出「是為了取悅我」之類的話，瑛昭搶先回答，並在璉夢質疑之前轉向他開口。

「父親大人，專心看任務吧，您已經訪問過很多問題了，不要給人家太大的壓力！」

從璉夢的表情看來，他似乎覺得兒子的行為很掃興，但他還是給了瑛昭面子。

「好吧，你現在是第十九號部門的部長，我尊重你。那我就認真看，認真打考核分數。」

……父親大人，您可不要因為心情不佳就變嚴格啊，您應該不會這麼過分吧？

＊

「該從何說起呢……先說說你身體的事情好了。」

墨輕染坐下後，淡淡地開始說出自己知道的事。

「你的身體被那個沒資格當父親的男人改造過，為了方便敘述，我還是叫他父親吧。所謂的能力者，看似無所不能，但能力提升的速度如果不夠快，就會開始透支生命……這部分講解起來太複雜，總之，能力者的壽命大多不長，為了改變這個狀況，父親所在的協會多年前研發出了一個物質，使用這種物質，可以製造出足以令任何能力者瘋狂的『祭品』。」

季望初安靜地聽著，他知道，墨輕玄就是這個祭品。

「創造祭品的條件十分嚴苛，只有體質匹配的人，才能完美地與那種物質融合，達成漸漸改變祭品體質的目的。體質的改變完成後，需要再進行轉化儀式，接著，祭品全身的血肉便會成為讓能力者趨之若鶩的萬能聖藥，吃到一點就能補充精力、修復身體，像是延長壽命與提升能力等級，都不在話下。」

目前為止，都跟季望初猜測的差不多。為了配合情境，他盡可能演出面無血色的模樣，以表示自己的不適。

「如果祭品與自己血脈相連，服用的效果會更好，為此，父親四處留情，搞出一堆孩子來實驗，其中唯一成功的就是你，他也因而寵了你二十二年。他覺得用二十二年的幸福換你的命，已經很對得起你了，這些年對你的寵愛，讓他認為自己可以問心無愧地吃了你，至於你能不能認同，他一點也不在乎。」

聽到這裡，考慮到委託人的求知欲，季望初問了一個問題。

「你會知道他的想法，是因為他曾經這樣告訴你嗎？」

「你猜得倒是很準，確實是他親口告訴我的。對他來說，我就是一枚沒有自我思想的好用棋子，況且這件事我也會得到好處——他會分我一點血。因此，他不認為我會反對。」

墨輕染自嘲地笑了笑，見季望初的神情還算冷靜，便繼續述說。

「你生日那天，就是父親判斷體質改變完成，決定進行轉化儀式的日子。他與幾名利益相關的高層人士約好，當天會完成祭品，接著用你一部分的血與他們交易，鞏固他們之間的聯盟，只可惜，這個計畫被我打破了。」

說著，墨輕染像是猜到他還會問什麼，主動地交代了另一件事。

「那些前仆後繼跑來送死的人，除了父親的部下，也有其他勢力的殺手跟一些貪婪又沒有自知之明的傢伙。我想多半是父親那邊又出了問題，消息走漏，才會引來一堆想得到你的人，對付這些人我自然不會手下留情，以前不會，以後也不會。」

這話聽起來，是希望墨輕玄不要突發善心要求他別殺人的意思。季望初聽著他話語中透露出來的訊息，在心裡又補上了一些推測。

墨家家主發現了墨輕染的資質後，便著重培養他，將他納為可用之人。也許是墨輕染平時演得足夠忠誠，又或者墨輕染有什麼致命把柄捏在對方手上，成長的過程中，墨家家主慢慢有將墨輕染培養成心腹的意思，生日宴上墨輕染的背叛多半是他想都沒想過的事，這種情況下，墨家家主會怎麼處理這個兒子呢？

季望初能從墨輕玄的記憶與墨輕染剛才的陳述中，得出一個虛偽冷血又重權勢的父親形象。這樣的人不會容忍背叛，墨輕染已經失去了他的信任，如果他沒有可以百分之百控制住墨輕染的手段，就會選擇抹殺掉這個巨大的麻煩，什麼親情都不會顧。

也就是說，墨輕染打從出手帶走墨輕玄的那一刻起，就沒有退路了。但是，盲目地帶著人一直逃亡顯然不是長久之計，他看起來並不是毫無計畫憑著一股熱血行動的人，所以……對墨輕染來說，事情鐵定有個解決方法，而非早死晚死都是死路一條。

可惜從墨輕玄的記憶看來，那個解決方法多半很難實行，至少拖到墨輕染漸漸應付不了敵人的現在，一切似乎都尚未有轉機。

墨輕染對未來有什麼規劃，他也想詳細了解一下，以便決定自己的行動。

考慮到墨輕玄的性格，他沒有立即問出自己想問的問題，而是先露出泫然欲泣的表情，看似愧疚地低下頭開口。

「輕染，對不起……都是我遲遲不肯面對現實，才讓你這段時間一直受委屈，我逃避太久了，明明你救了我，我應該早點跟你談的……」

或許是因為過去那段時間很少得到墨輕玄的友善對待，面對他的道歉與懺悔，墨輕染顯得很不自在。這個在外張揚恣意的青年，也只有在墨輕玄面前才會顯露出不知所措的模樣，足以讓季望初看出，墨輕玄對他來說有多麼特別。

「你不需要為了這種事道歉。事情我已經說得差不多了，先把飯吃完吧，餵完飯我就出去。」

「為什麼你一定要出去？你好像只要受了傷，就不肯跟我待在同一個房間裡，是怕發生像上次那樣的事嗎？」

見對方提及自己上次的失控，墨輕染僵硬地點點頭，隨後開始解釋。

「如同我剛才說的，你現在……已經被轉化過，只要是能力者，在一定的距離內都能感受到你身體散發出的誘惑，特別是受傷的情況下，我會本能地渴望你的血肉，為了避免本能凌駕於理智，我只能跟你保持距離，這是最保險的方法。」

「但是……我還有很多問題想問你。」

季望初撐著身子朝他挪過去，一臉認真地凝視著他，問出一個問題。

「血就可以了嗎？喝了血你就會好了？不然……你就吸一點？」

第六章

墨輕玄從剛剛看到現在都十分安靜，只能從他緊抿的唇和難受的表情看出他的心情。當然，瑛昭還可以讀心，但他不太想現在讀。

一開始跟我們說自己的故事時，他還說自己很幸運，雖然是個普通人，父親仍對他十分寵愛……其實，他很希望這是真的吧？二十二年下來，他對父親鐵定有感情，儘管在許下探求真相的願望時，他已經做了心理準備，但聽到那些殘酷的話語，一定還是很難過的。

說起來，季先生到底是什麼樣的妖怪？我覺得他早就猜出了一切，只是需要從墨輕染口中證實罷了，所以他是怎麼猜到的？就憑墨輕玄的記憶？為什麼我都沒有看出來呢？我的觀察力有這麼差勁嗎？莫非是因為我接觸過的人類太少？

他們安靜地看著螢幕，直到季望初提出讓墨輕染吸血，璉夢的鼓掌聲才打破室內的死寂。

「做得好，不愧是阿初！這就是我想看到的發展，這樣才有意思嘛！」

他這番不合時宜的誇讚，讓瑛昭忍不住看了過去。

「父親大人……您口味真重，居然想看人吸血？」

「什麼話，你就只看得到這麼表面的東西嗎？你看不出這背後代表的意義，以及對接下來劇情走向的影響？雖然我不意外你這麼單純，但你繼續這麼單純下去，會讓我很想花時間好好教育你。」

我需要的不是您的教育，是歷練！您光用講的我也沒辦法理解啊，而且您要講多久才能講完各種例子？無論怎麼想都太沒效率了吧？

「瞧你那不服氣的眼神，是不是在想人間百態，我若要一一舉例，不曉得要花多少年？那我只能說，你真的太天真了。對我來說製作一個時間流速慢一千倍的空間是易如反掌的事，到時候只需要把你關進去一年，用幻象讓你在裡面體驗各種我精挑細選出來的人生，教育的目的不就能達到了嗎？」

璉夢描述的場景讓瑛昭一陣寒顫，他現在越來越能理解季望初為什麼會說自己父親個性很差了。

「父親大人，您不是認真的吧……」

關進去一年，也就是在裡面關一千年，雖然對神來說一千年不算很長，但那是專心修練的情況下。若要清醒著輪迴別人的人生足足一千年，瑛昭光是用想像的就覺得很恐怖。

他恐懼的表情也讓璉夢露出了燦爛的笑容。

「當然是開玩笑的啊，你可是我唯一的兒子，我怎麼捨得這樣對你呢？我只是告訴你有這樣的手段而已，你繼續天真無邪也沒關係，反正出了事，有天奉宮頂著。」

……我發現我真的無法判讀父親大人哪時候是開玩笑，哪時候是認真的，跟父親大人交談好累，總不能假設他很愛我然後毫無顧忌地隨便亂講話吧？

還是，讀心看看……？

這個危險的想法一冒出來，瑛昭就馬上將之狠狠壓下去。

不行！不能因為猜不透父親大人的想法就冒險，這太危險了！繼續看看事情發展吧，我也想知道吸血會給他們的未來帶來什麼樣的改變……

＊

季望初的靠近與他口中的提議，讓墨輕染微微失神了幾秒，才如夢初醒地倒退，激烈反對。

「不行！我可沒有把你當成祭品，我不是為了那種目的救你的！」

「那你是為了什麼救我的？」

季望初順勢問起這件事，墨輕染則瞬間禁聲，沉默地別開臉。

見他不肯說，季望初便以小心翼翼的口吻自顧自地猜了起來。

「雖然不太好意思這樣猜，但……該不會是因為小時候我幫過你一次？除了這件事，我也想不到我們還有過什麼交集了。」

他這句話，讓墨輕染再次看向了他。

「……我以為你只是隨手一幫，早就忘記有過這種事了。」

「我沒有忘記啊，不只沒有忘記，我還印象深刻呢。後來看到你的消息，得知你被家族重視，你知道我有多高興嗎？輕染，你是我的弟弟，我總是希望你過得好，只是身為普通人的我幫不上什麼忙，唯一幫到你的也就只有那次的送飯送藥而已。」

聽他這麼說，墨輕染神色複雜地嘀咕了一句「被家族重視未必是好事」之後，認真地盯著他開口。

「對你來說只是幫個小忙，但其實是救了我一命，改變了我的人生。」

季望初適時地露出錯愕的表情。

「有這麼厲害？」

「有。你似乎有請父親關照我吧，如果不是這樣，依照他們對我的忽視程度，我大概也活不了多久，畢竟那時候我身體就已經很差了。所以……我不能看著你死，不能若無其事地讓事情自然發展，然後和父親一起分食你的血肉。」

「但是背叛父親，你的處境會變得很危險，很可能會死呢，值得嗎？」

「值得。」

墨輕染毫不猶豫就回答了這個問題。

「比起做那種完全泯滅人性，不是人能做出來的事，我寧可守住底線死去。只要我活著，我就不會讓他們動你一根寒毛，這是我在心裡許下的承諾。」

在這種沉重的氣氛下，若是原本的墨輕玄，多半不知該如何回應。季望初則話鋒一轉，將話題帶回原本的提議上。

「謝謝你，輕染。聽完這些……我更加堅定了原本的想法。吸我的血吧，好不容易我又能幫上你的忙了，我很高興自己終於變成了有用的人，至少對現在的你來說，我很有用，對吧？」

一聽他又提到吸血，墨輕染臉色一變，馬上再次拒絕。

「不行！」

「為什麼不行？讓你吸血對我的身體會有害處嗎？就只是放點血而已，沒有多大的影響吧？」

「反正就是不行！」

墨輕染這個人，在某些事上比較死腦筋。季望初這麼想著。

「輕染……我已經害你成了亡命之徒，不能再害你失去性命。你受傷的次數變多了，其實你開始覺得吃力了吧？我不只是為了你，也是為了我自己，如果你死了，等待我的命運就是被他們抓回去分食。我們注定同生共死，那麼你就該給我機會，讓生的可能性變高。我自己的身體，為什麼我不能決定如何使用？」

他這番話確實讓墨輕染有所動容，但卻仍在掙扎。

「可是——」

季望初不想繼續聽墨輕染的理由。拿出預先藏好的小刀後，他果斷地劃破自己的左手腕，由於動作太迅速又太突然，墨輕染甚至來不及阻止。

「墨輕玄！你做什麼？」

「做我覺得應該做的事。」

他劃的傷口不算淺，鮮血流出後，很快就從手腕上滴落，染紅了地板。

季望初則將流血中的手腕遞到了墨輕染面前。

「我希望我不是單方面被你保護。我想要用自己的方法跟你一起戰鬥。你不需要把我保護得那麼好，我可以受傷，我也沒你想的那麼怕痛。」

他輕聲說著，語氣帶著蠱惑。

「喝下我的血吧，輕染。如果你願意把我當成能夠信任、並肩作戰的隊友，而不是一個沒有用的普通人，就請你喝血療傷，我們再來談其他事情。」

或許是被他的氣勢所懾，又或許是他話語中的某一句打動了墨輕染，對視片刻後，墨輕染終於抓住他的手，不再猶豫地含住他手腕上的傷口，開始吸入鮮血。

如同口渴了許久的人好不容易接觸到水，墨輕染在嚐到血後，動作變得急不可耐，多少也撕扯到了傷口。傷口傳來的疼痛讓季望初微微皺眉，但他仍一聲不吭地忍下來。

對他來說，這點疼痛不算什麼，他需要注意的只有觀察墨輕染吸食的量，以免自己失血過多昏倒。

墨輕染顯然還保有一部分的理智，吸血的過程持續一分鐘後，他便主動鬆手，並拿出處理傷口的各種工具，替季望初仔細包紮手腕。

此時墨輕染的精神與氣色看起來都好了許多，也不知治療效果是否是立即生效的，如果是的話，一切就更加方便了。

「輕染，你能找到抽血用的針筒嗎？鮮血有沒有辦法保存？可以的話，事先抽一些出來放在你身上，戰鬥中就能隨時使用。」

「……你打算就這樣一直拿自己的血餵我？」

墨輕染的神色看起來相當糾結。

「只要我的血夠用，有何不可？人體可以慢慢造血，你這麼篤定父親會在那天殺了我是不是因為直接吃哪個部位能得到更好的效果？」

「嗯。心臟是祭品身上最有價值的部——」

他說到一半，像是不願意用描述物品的方式來說墨輕玄，因而停頓了一下才繼續說。

「總之，你的心臟是父親迫切需要的東西，沒有這個，他恐怕也活不久了。」

「還有一件很重要的事情，你知道我為什麼會時常全身無力，還常常昏睡很久嗎？」

「根據文獻記載，那代表轉化完成後，殘餘物質依然不斷改造你的身體，你的血肉對能力者的影響會越來越大，同時你散發出的氣息也會越來越明顯，這就是我們甩不掉追蹤的原因。」

「殘餘物質消化完這兩種副作用才會消失嗎？你知不知道還要多久？」

這一次，墨輕染被問倒了。

「我也不知道，成功的祭品案例太少了，轉化後被繼續改造的又更少，沒什麼可參照的前例。」

「好吧。」

交談這麼長一段時間後，季望初已經開始感到疲憊。他知道，自己大概過沒多久就會陷入昏睡。

「去給我找一些提神的藥物……我很需要。假如你回來的時候我已經昏睡了，我們就下次再談剩下的事情。」

*

事實證明，副作用這種東西來得又快又兇猛，完全不是靠意志力就能抵擋的。季望初在墨輕染回來之前，就陷入了昏睡中，至於昏睡多久才能甦醒，他也不清楚。

按照墨輕玄的記憶，下次甦醒時，墨輕染正在戰鬥，由於鮮血飛濺斷肢橫飛的畫面太過刺激，導致他直接嚇暈。換作季望初，當然不會如此大驚小怪，儘管睜眼沒兩秒就有半隻耳朵飛過來擊中他手臂，他也只皺了皺眉，冷靜地撥開，然後開始懷疑墨輕染是不是有什麼戰鬥中一定要讓對方缺臂少腿甚至少耳朵的怪癖。

切耳朵有什麼用？又不會減少戰鬥力，頂多就是流血而已吧？還是他攻擊的是頭部，因為對方閃開，才不小心切到？

思考完這些後，季望初便看向不遠處的戰鬥現場，打算觀察一下能力者們的戰鬥方式。

場中除了墨輕染，還有三名正在圍攻他的男子，地上則躺了兩具屍體。他似乎很習慣應對複數的敵人，即便在這樣的情況下，他看起來依舊游刃有餘。

是這次來的敵人比較弱嗎？還是之前喝下的血有幫助？

此時他也注意到一件不合理的事情。這些人都是為他而來的，有這麼多人手，照理說應該可以其中一人劫走他，其他人牽制墨輕染，但他們卻沒這麼做，就好像完全沒注意到他在旁邊似的。

身為普通人的季望初，沒辦法看見能力者造出的無形事物，不過如此不正常的現象，仍令他很快就有了一個結論：墨輕染不是讓他隱形了，就是弄了個結界或空間，讓別人無法靠近他。

由於那半截耳朵可以飛進來，他判斷現在自己只是單純隱形，頂多加上個消音，想來不是墨輕染沒有能力做更全面的防護，就是墨輕染對自己很有自信，認為這點處理便已經足夠。

隨著墨輕染的出手，其中一個人被擊飛出去，瞬間脫離了近身戰鬥區域。另外兩人見狀連忙夾攻，季望初看見墨輕染掏出了一張像是紙片的東西，接著光芒一閃，他手中突然多出一把長刃。

季望初看著他以非人類的高速閃身到左方敵人身側，直接殘暴地劈開那個人的身體——只一招就可以把人劈成兩半，這種怪力顯然也跟能力者的能力有關。剩下那名能力者似乎是怕了，他沒敢再進攻，卻依舊被墨輕染從身後追擊，被他投出的長刃貫穿後心，重重釘到了牆上。

那把長刃似乎不是單純的武器，那人被釘到牆上後雖然還未死亡，卻不住地痙攣慘叫，整個人以肉眼可見的速度萎縮乾癟，最後就剩下一層人皮掛在長刃上，過程勘比世界級的恐怖片。

季望初對頂尖能力者的戰鬥有了初步認知，那就是自己那個世界的常識與知識恐怕都不適用於這個異世界，他必須打破原有的認知來了解這個世界，最好加上一些天馬行空的想像，來補全科學難以解釋的部分。

除此之外，他還有一個感想。

如果墨輕染的戰鬥都是這種風格……那墨輕玄沒嚇瘋已經算很堅強了。一個從小到大血都沒見過幾次的普通人，一天到晚要面對這種畫面，實在太為難他了吧。

他對自己的委託人寄予深刻的同情。畢竟就連他自己也不太習慣這麼血腥的場面。

長刃在徹底消化完那個人後，便化為光球回到墨輕染手中。最早被擊飛的那名敵人，不知何時已經悄無聲息地死在角落，從屍體的姿勢看來，他最後似乎還想爬行掙扎，卻連聲音都沒發出就慘死原地。

不得不說，當墨輕染的敵人，可能十條命都不夠。季望初打算今天問問他實力方面的事，希望墨輕染這次也能乾脆地告訴他。

*

『嘔……』

雖然靈魂吐不出什麼來，觀看螢幕的墨輕玄依舊面色蒼白地乾嘔，這可能是心理陰影造成的條件反射，他的反應也引來了璉夢的側目。

「你應該看過很多了不是嗎？怎麼到現在還無法適應？」

璉夢的發言，再次讓瑛昭頭疼。

這種時候不是該先關心他嗎？父親大人您這話，應該不是關心吧？您只是被勾起好奇心，想知道為什麼而已。還好我看過神界的各種卷宗，裡面有更多五花八門的虐殺方式，否則我看到種畫面，多半也會反胃啊。

『不、不管看多少次都無法習慣吧！光是看畫面我就會想起現場那種氣味，人類就像牲畜一樣被屠宰，就算我現在確定輕染是個好人了，我還是沒辦法適應這種場面啊！』

聽完他恐慌的回答後，璉夢語帶玩味地問了一個問題。

「你怎麼能確定墨輕染是好人？」

『咦？他、他救了我啊，他做的一切都是為了救我。』

「他救你，只代表他對你好，不代表他是個好人吧？你覺得一個好人會這樣殺人不眨眼？就算用自衛來解釋，好人會用這麼殘酷的手法殺人嗎？」

墨輕玄被璉夢問住了。他張了張嘴，卻說不出任何話來。

瑛昭跟著想了想墨輕染對季望初說的那些話。

嗯？我記得他剛剛說自己是父親的心腹，他們那個父親很壞對吧，應該是喪盡天良的等級？都能養個兒子準備吃掉了，對待外人顯然更不會心慈手軟，那跟在父親身邊，幫著做壞事的機率似乎挺高的？然後他又說什麼想守住身為人的底線……那不就是「我即便壞事做盡也不能連這種事都做」的意思？

……就算真的是我猜的這樣，父親大人您也沒有必要點出來吧，他要承受父親想吃自己的打擊，現在您又要他認清救了自己的弟弟也不是什麼好東西，萬一他崩潰了怎麼辦？

考慮到委託人的心情，瑛昭擠出笑容，試圖說幾句安慰的話。

「你弟弟是不是好人，也沒那麼重要吧？你只要知道他對你很好就夠了啊。」

值得慶幸的是，這次的安慰有奏效，墨輕玄看起來放鬆了一點，似乎能夠接受這個說法。

『是啊……事情都已經這樣了，他都為我殺這麼多人了，即使不是壞人，現在也被大家當作壞人了吧，想那麼多做什麼呢……』

從他說的話看來，他仍然抗拒相信墨輕染做過很多壞事的可能性。

瑛昭非常努力地用眼神暗示璉夢，希望他不要再多說什麼不該說的。

人家都已經死了！您就讓他安心去轉世吧！別一直讓他心神不寧！

也不知璉夢到底有沒有接收到暗示，至少他暫時沒繼續說話。瑛昭認真覺得，如果有下一次，自己還是直接傳音過去，就不迂迴地用眼神暗示了。

為了委託人的心靈健康，瑛昭決定盡可能阻止璉夢的自由發揮。

*

墨輕染處理完所有敵人，先擦拭了一下自己的手指跟臉，才準備走向季望初，打算帶他去其他地方。而他一轉過去，就發現季望初已經醒了，他們四目相對後，季望初拎起自己撥到地上的那半截耳朵，語帶不滿地開了口。

「你打架一定要這樣切手切腳切器官的嗎？這種東西到處亂飛，你難道不覺得把整個場地都搞得很髒？還好打到我的只是一小片耳朵，如果被一截小腿高速擊中，我搞不好會受重傷耶，而且我又不是能力者，我喝自己的血也無法療傷啊。」

他雖然是在抱怨，語氣卻很溫和，音調也刻意控制過，以免激起對方的情緒。畢竟他的目的不是罵人，比起責備對方，他更想讓對方感受到的是自己的困擾，同時他還給了一個很好的理由——我會受傷。我擔心被這些東西誤傷。可不是嫌棄你手法殘忍。

墨輕染消化完這段話後，不知所措地呆站了一會兒，才低下頭道歉。

「對不起。保護的結界，我應該再做得更好一點，不該讓這些髒東西碰到你。」

……這話聽起來，似乎沒有要改變戰鬥手法的意思。

沒得到自己想要的結果，季望初有點不開心。略微思考後，他決定再多問幾句。

「所以……你可以把結界做得更好，但你之前都沒有這麼做？是覺得敵人太弱，沒有必要嗎？」

「正好相反。我不敢小看那些想劫走你的人，為了保留戰力應對他們，才沒花太多力氣來做結界。」

說著，墨輕染頓了頓，接著補充了一句。

「但現在比較沒有這個問題了。我的諾林值已經足以在維持高強度結界的同時應付戰鬥，先前簡易結界用習慣了，沒想到可以調整，下次我一定改。」

所謂的諾林值，是能力者計算體內能量的專有名詞，這裡所指的能量，是使用能力必須用到的東西，在季望初的理解中，諾林值大概就相當於魔法遊戲中的法力值。

墨輕染的認罪態度良好，看來有望成為一個乖巧聽話的弟弟，但季望初知道，他還沒完全放下戒備。要他放開心胸交代自己的一切，並容許他人走入自己的內心，應該還有很長一段路要走。

「沒關係，你保護我已經夠辛苦了，我並沒有怪你。不過我還是很想知道，戰鬥中肢解對手，是你的嗜好嗎？」

季望初語氣平淡，一臉單純地詢問。他自認神態不帶任何批判的色彩，應該可以讓墨輕染願意回答。

「稱不上嗜好……只是想快速癱瘓對手的戰鬥能力，讓他們失去手腳是最快的。有些能力者的印紋不是作用於手上，即使失去一隻手依然能維持百分之八十以上的戰力，這種時候我就會繼續切割他的肢體，從戰鬥意志與生理層面上徹底毀滅對方。至於那片耳朵，是我失手，原本應該直接切掉他半個腦袋的。」

聽了這麼長的解釋後，季望初覺得自己彷彿懂了些什麼，又什麼都沒懂。

此外，切掉半個腦袋感覺更糟，因為一定會噴出很多東西。

「所以你的意思是，你沒有強大到可以直接殺死對方，一定要先削減對方戰力才能戰勝？可是我剛剛明明看到有兩個人是被你一招殺死的啊，踹出去的那個跟釘在牆上的那個都是。」

季望初露出疑惑的表情，於是墨輕染繼續說明了下去。

「那是他們兩個比較弱，不必破壞印紋也能取勝，我就乾脆一點直接解決了。」

把人剖成兩半叫做乾脆一點直接解決？

季望初依舊懷疑墨輕染嗜血，但看起來對方不想承認，他只好問其他問題。

「印紋是什麼？」

「噢，那是能力者驅動能力的印記，通常是在手臂、手腕或手掌上。沒有了印紋的連結，諾林值的轉換率會變得非常低，使用能力也會困難許多。」

聞言，季望初「喔」了一聲，接續問自己想問的。

「釘到牆上的那個人看起來好像被什麼東西吸乾了，那是你的能力嗎？有什麼效果啊？」

「……你問這麼多要做什麼？沒必要知道得如此詳細吧。你又不是能力者，知道了也沒有意義。」

阻力開始出現了。季望初心想著。

「這樣就算問很多了嗎？我想知道的還有更多呢，我想知道你的能力有什麼樣的型態，能做什麼事，以及你在能力者中的戰鬥力排在哪。這有助我思考自己還能做什麼，也能讓我對我們的未來有更深一步的認知。」

他說完這些話後，墨輕染的表情顯得欲言又止。或許他是覺得普通人沒有辦法參與能力者之間的戰鬥，但又不想直接說出來打擊季望初。

「其實你不用這麼努力也沒關係……」

「那你就把接下來的計畫告訴我，讓我知道一下是不是能完全依靠你？我們一直被追殺，這件事有解決辦法嗎？你是怎麼打算的？」

因為墨輕染對詳述自己的能力有牴觸的態度，所以季望初決定先問別的。

「理論上，是有辦法能解決的，只是目前成功率變得很低。」

墨輕染一面說，一面嘆氣。

「有一些物質，可以用來遮掩氣息。這段期間我已經找過幾種，但對你身上的氣息不管用。現在只剩下最罕見的一種，據說那種物質對任何氣息都能起作用……原本我是打算將你的氣息隱藏起來，讓他們追蹤不到你，我就能帶著你隱姓埋名生活，有我在，讓你衣食無憂應該是沒有問題。」

他的計畫，聽起來是陪著墨輕玄藏匿起來，無視自己過人的天賦與本該輝煌的前途，平凡地度過一生。只是，這種生活勢必還是得東躲西藏，不能用本來面目示人，假如拿不到假身分，或許連求學工作都沒辦法，過程中兩人多半也只能相依為命，很難與外人建立關係。

如果是原本的墨輕玄，或許會接受這個計畫。畢竟他的性子就是與世無爭，長年在受人照顧的環境中長大，這個計畫也許不那麼自由，也沒法子讓他過以前那種養尊處優的生活，但他其實沒什麼物欲，只要能平安且不傷害任何人地活下去，這點倒是還好。

至於長期缺乏健康的人際關係，是否會對精神層面造成不良影響，季望初無法斷言，也懶得認真推估。現在他心裡想的是……璉夢鐵定不會喜歡這個計畫。

明明已經決定好不遷就璉夢的喜好，卻還是會不由自主地想到，這讓季望初內心十分煩躁。

「那麼，如果最後一種物質也沒有用呢？你還有其他計畫嗎？」

「……在你提出可以讓我喝血後，有個替代方案。」

墨輕染在說這句話的時候，臉上顯得有點無奈，顯然他並不怎麼想用替代方案。

「隱匿氣息的結界，我也能做，只是相較之下這種方法只能暫時隱匿，不僅會不斷消耗我的諾林值，使用上也有一些限制。但是，如果吸食你的血，諾林值就能快速補充，我也能在能力提升之後做出更方便的結界。」

「然後呢？」

「然後？」

墨輕染茫然地看著他，不明白他還想問什麼。

「然後就能順利隱居了吧……你願意嗎？」

直到此刻，墨輕染終於問起季望初的意願了，季望初不置可否，打算先問清楚其他事情。

「輕染，你的戰力在能力者裡面排在什麼位置？」

「一對一的話，年輕一輩沒有人是我的對手，大概只有各家族裡那幾個老怪物能戰勝我，那些摸上門來的殺手就是錯估我的實力，又或者以為群毆會有勝算，才會一直來送死。」

墨輕染在說這話的時候，是帶著幾分傲氣的。他充分表達了對手下敗將們的不屑，同時也沒將大多數人放在眼裡。他是墨家千年難得一見的天才，決鬥從無敗續，季望初相信他不是看輕敵人，而是確實有驕傲的本錢。

事實上，若不是帶著墨輕玄這個累贅，即便被墨家通緝，他也不至於混得像墨輕玄後期記憶中那般狼狽。

「照你剛剛說的，喝我的血可以提升你的能力，而且效率不錯，是不是？」

季望初輕聲問著，墨輕染則點了點頭。

「那麼，你覺得你進化到天下第一，無人能敵，需要多久？」

他的問題讓墨輕染微微一愣，沉默半晌後才回應。

「我覺得，這是我本就能達到的境界，若是有你的血，或許不用半年就能達成。」

這個答案，季望初算是滿意。如他所料，墨輕染有成為世界最強者的潛力，投資這個天才應該是穩賺不賠的生意。而從墨輕染回答時的態度看來，他大概也猜到季望初打算說什麼了。

「既然如此，你要不要更有野心一點？」

季望初不確定墨輕染會不會接受這個提議，但他想試著說服看看。

「在找物質的期間，用我的血來提升你的能力，以最快的速度成為世界最強者，然後用絕對的實力差距輾壓他們，不要隱姓埋名，也不要躲躲藏藏，帶著我，拿回那些你應得的東西，然後和我一起光明正大地活下去。」

他想試著畫一個更好的未來藍圖出來，告訴對方，你值得。

除此之外，這或許也是墨輕玄的心願。

「……」

墨輕染沒有第一時間答應。他看似有什麼疑慮，俊美的臉上寫滿糾結。

「怎麼了？你覺得自己辦不到嗎？」

「確實不容易，但那不是重點。」

墨輕染猶豫著說出了自己的顧慮。

「我擔心的是，他們會怎麼看你。你的做法等於將你是祭品的事情昭告天下，就算我們不說，鐵定也會有人將消息洩漏出去，到時候他們……可能會認為你是我的所有物，是我綁在身邊提供血肉的工具，不尊重你也不把你當人看……」

聽他擔心這種事情，季望初微微一笑，當即表明了自己的態度。

「那種事沒有關係。我不在乎他們怎麼看我，只在乎你怎麼看我。只要你尊重我就夠了，輕染。」

他沒說出口的是，你只要把那些狗眼看人低的傢伙通通殺掉，以後誰見到我都只會恐懼——畢竟這不符合墨輕玄的個性。

墨輕玄不會叫他去殺人，所以季望初也不打算這麼直接。

儘管他提出的建議，就是得殺很多人才能辦到的。

「但是越多人知道你的身體狀況，就會有越多人打你的主意，我不確定自己能不能一直保護好你……」

見他開始沒自信，季望初便開始為他分析。

「打我主意的人，為的不是變強就是長生。你說那些人錯估你的實力才會找上門，那你到時候就展現出你的實力，讓他們知道，不動歪腦筋反而能活得比較久。」

他在說這些話的同時，也以純然信任的目光看著墨輕染。

「即便真的有人成功得到我的血肉，也不可能變得比你還強，這點自信你還是有的吧？得手的人在動手的那一刻就已經注定會被你追究，而他們失去的，終將遠大於他們得到的，因為你一定會讓他們付出代價，對吧？」

此時墨輕染已經走到了季望初跟前，他彎腰抱起季望初，打算帶他去下一個落腳處，面對季望初的提問，他輕聲答了一聲「對」。

「那你同意這個計畫了嗎？」

「你希望的話，我同意。」

聞言，季望初又問了一句。

「剛剛的不算，問錯了。我想問的是，你喜歡這個計畫嗎？」

他那副「你不喜歡我們可以不要做」的態度，讓墨輕染臉上多出了幾分無奈。

「喜歡。當然喜歡。」

至於喜歡的理由是什麼，他並沒有解釋。

第七章

「哦？這是要朝稱霸世界的方向進行了？不錯不錯，阿初懂我，我就是喜歡這種刺激又有發展性的路線。」

安分了一陣子的璉夢，在看完這一段後，又忍不住拍手讚揚了。他一開口，瑛昭便進入高度警戒的狀態，生怕他又說出什麼驚世駭俗的話。

『你們的執行員也太厲害了吧，不只是看到那種畫面都無動於衷，甚至還敢伸手去抓剛切下來的耳朵……』

墨輕玄關注的重點跟璉夢不太一樣，他的發言則將璉夢的注意力引到了自己身上。

「別說是剛切下來的耳朵了，就算是剛扯出來的腸子他也敢抓，你信不信？」

璉夢成功用一句話就讓墨輕玄臉色發白，又開始乾嘔了起來。

「父親大人，說起來……委託人的願望好像都實現了？那麼任務是不是可以結束了呢？」

此時瑛昭忽然想到這一點，但他話才剛說，璉夢就以不容反駁的態度強勢拒絕。

「正要開始有趣，你卻想結束？你有沒有看戲的品德啊？再怎麼樣也不會選擇在這個時間點結束吧？」

「可是委託人的願望達成，確實是結束任務的條件啊，為了滿足您看戲的欲望而讓執行員超時工作，這不合理。」

瑛昭硬著頭皮頂撞了自己父親，璉夢則在瞥了他一眼後，選擇以理服人。

「我認為委託人的第二個願望還沒有完全達成。他希望墨輕染放棄原本的想法，避免最慘烈的結局，現在墨輕染確實同意改變計畫，但什麼都還沒開始實施，要怎麼知道他會不會悲劇收場？至少也得做出一點成績，才符合委託人的條件。」

璉夢這麼說，瑛昭一時之間也想不出反駁的話。

「要做到什麼程度才符合您說的做出一點成績呢？」

「我怎麼會知道？不如你問問委託人？」

是您不讓我終止任務的，現在又要我問委託人？那要是委託人也說可以結束了呢？

「墨輕玄，你覺得呢？什麼時候結束任務比較適合？」

一旁恍神的墨輕玄，在被叫到名字後，才如夢初醒地看過來。

『其實……我是很想多看看輕染，但我也知道，不可能要求執行員無休止地待著，畢竟我一開始也沒許這樣的願望……』

他語帶遲疑，吞吞吐吐說了些鋪陳的話，接著又停頓了許久。見狀，璉夢沒耐心地催促了起來。

「說重點啊，訂個結束任務的目標吧？」

『好、好的，那就……如果可以的話，希望能讓我看到輕染露出真心的笑容再結束。這只是我的想法，要是不行也沒關係……』

這個要求不算過分，瑛昭點了點頭。

「我會轉達給季先生。」

*

這次墨輕染找的住處是間旅館，季望初不知道他有沒有付錢，因為他們沒有走正門，是爬窗進去的。

房間在二樓，墨輕染一個人爬起來不費什麼力，即使背著季望初一樣輕輕鬆鬆，而為什麼要用這種方式進屋，季望初沒有問，這種小細節不是重點，問來問去只會讓人心煩。

稍作安頓後，季望初便向墨輕染索取了提振精神的藥物。接下來還有很多事情要談，他可不想說到一半就陷入昏睡中。

墨輕染堅持等他吃完飯再開始談正事，無奈之下，季望初也只能接過他遞來的食物，快速解決。

「吃慢一點，用不著這麼急。」

他將食物送進嘴巴裡的速度，讓墨輕染忍不住唸了一句。

「你該不會打著用吃飯拖時間，等我昏迷就不必談的主意吧？」

「……我給你的提神藥物是強效的，應該可以撐好一陣子，我們有足夠的時間可以談正事，所以我才跟你說不用吃那麼急。」

聽完他的澄清，季望初正想回答，卻忽然收到了瑛昭傳來的訊息。

『季先生，任務大致上快完成了，目前設定讓墨輕染露出真心的笑容後就可以幫你結束任務，跟你說一聲。』

……

這個通知讓他臉上一抽，不予置評。

『知道了。』

簡單回應後，季望初看著墨輕染，面無表情地開了口。

「喂，笑一個。」

「……？」

墨輕染滿臉困惑。

「笑一個啊，我好像還沒看你笑過。冷笑那種的不算。」

要是能早點結束任務，季望初也不想繼續做下去，畢竟這之後的事情挺麻煩的，能省掉的話就輕鬆多了。

「太突然了吧，忽然要我笑，我哪笑得出來？」

「不就是控制臉部肌肉嗎，一點也不難吧。」

「這樣嗎？」

墨輕染露出了很假的笑容。季望初一看就知道這無法過關。

「不行，太假了，就不能笑得真心一點嗎？」

「……現在又沒什麼值得開心的事，也沒有好笑的事啊。」

「你就在心裡想想過往開心的事情，試試看嘛。」

在季望初的一再要求下，墨輕染勉強回想了幾秒，然後擠出一抹笑意。

任務看起來沒有要終止的跡象，這個笑容顯然也不合格。

又或者是，他這種要求人家直接笑的做法，正在看螢幕的人不接受。

「算了，還是趕快吃飯，吃完談正事吧。」

墨輕染對此沒有意見，比起被逼著笑，吃飯跟談正事聽起來好多了。

「我睡了多久？期間你有抽我的血使用嗎？」

「你這次睡了大概兩天，我沒有抽你的血。上次喝過血以後，我還處在諾林值充沛的良好狀態，我也沒受什麼比較重的傷，而且上次你還沒提過要我盡快變強的計畫，我就想著……就算是備用的血，也等你醒來再抽。」

對於他的血，墨輕染沒有任何貪念，之前季望初就已經知道了，現在只不過是再一次證實。

「好，那我先問我最想知道的事吧……」

季望初現在最需要的是自保能力，因此有幾件事情，他想先確認清楚。

「能力者的能力是怎麼覺醒的？可以後天學習嗎？我的身體經過轉化，有沒有可能變成能力者？」

墨輕染似乎被他天馬行空的想法震驚到了，足足過了十秒，才以不確定的語氣回答。

「能力者的天賦是先天的……如果沒有自己覺醒，就是檢測到能力者天賦之後用特殊方法激發，一般來說覺醒只會發生在十五歲之前，人工激發則是只要有天賦，不管幾歲都可以……祭品體質轉化後是否會獲得天賦，由於不曾有人研究過，我現在也無法回答你。」

他的表現讓季望初覺得這件事的可能性不是零。正因如此，墨輕染說起話來才會這麼遲疑，彷彿說話的同時也正激烈思考著。

「那好辦啊，檢測看看不就知道了？」

「沒這麼簡單，檢測裝置只有能力者協會與一些勢力龐大的家族擁有，要護著你潛入這種地方，還要神不知鬼不覺地做完檢測再撤退……現在的我沒有這個能耐。」

墨輕染說這話的時候，面上帶著幾分沮喪與挫敗。他很想完成季望初的要求，卻又沒有能力辦到。

「那直接激發呢？」

季望初的意思是，不管有沒有天賦，激發看看就是了，有天賦就賺到，沒天賦就當做身體健康的，應該也不會有什麼壞處。

他的提議讓墨輕染眼睛一亮，馬上將剛剛的負面情緒拋諸腦後。

「直接激發應該可行，需要準備一些東西，等我弄到就能做了。」

在觀察了他的表情後，季望初決定說幾句稱讚他的話。

「輕染，你真厲害，明明是在逃亡中卻總是能弄到各種東西，也總能找到住所，要是沒有你的話，我真不知道該怎麼辦。」

可惜墨輕染聽完後，沒有做出他想要的反應。

「其實沒有很難，能力者有很多手段，而且墨家雖然通緝我，卻不敢大張旗鼓地說出真正原因，只要你的事情沒搞得人盡皆知，某些跟墨家不對盤的勢力還是願意賣我面子的。」

……我誇你不是想聽到這種認真分析。這種時候不是該高興地露出笑容嗎，好弟弟？

騙笑容失敗，讓季望初的心情不太美麗。

「知道了，另一個問題，普通人使用手槍之類的武器能傷到能力者嗎？」

比起剛剛的問題，這個問題似乎比較簡單，墨輕染很快就給了他答案。

「一般來說，能力者體表都會覆蓋自身驅動的保護層，只要印紋處在能驅動的狀態，他們就有一戰之力。普通人除非以高覆蓋率的毀滅性武器反覆轟炸，否則很難傷到擁有戰鬥能力的能力者。」

儘管他的結論是手槍沒有用，但季望初敏銳地捕捉到了話語中的重點。

「反覆轟炸有用的話，是代表保護層可以被武器擊穿，只是打一次不夠，要好幾次？之所以要高覆蓋率，是為了確保有打中印紋？印紋損毀，也能削減對方的戰鬥力，對嗎？」

墨輕染肯定了他的說法，接著又補充說明了幾句。

「以手槍的強度，至少要重複命中三次以上才能突破保護層，所以我偏好使用特製的刀劍類兵器切斷對方肢體，除了順手，也能更快結束戰鬥。」

「有特製的刀劍，卻沒有特製的手槍？」

「技術上有困難，目前還沒有人做得出來。」

聞言，季望初點了點頭，隨即提出一個要求。

「那就給我搞把手槍玩玩吧，我覺得我可以挑戰一下重複命中三次。」

對於季望初的狂言，墨輕染為之側目，一臉懷疑。

「你有練過槍法？父親那麼保護你，應該不會讓你接觸這種東西吧，他一點都不希望你有自保能力，畢竟保障你的安全，只要護衛多安排幾個就夠了。」

「誰說的？我對槍有興趣，父親那時候可沒有阻止我玩。或許就跟你說的一樣，他覺得普通人就算手上有槍，也對能力者沒什麼威脅性吧，畢竟條件的確嚴苛，他也不認為我基於興趣練習幾次就能成為神槍手。」

季望初認為墨輕染應該不知道墨輕玄的所有事情，便大膽說謊，將練槍的經歷說得煞有其事。

「……那你真的基於興趣練習幾次就成為神槍手了嗎？」

墨輕染臉上的懷疑一分都沒消退。

「放心，拿到槍以後讓我習慣一下手感，就算不是神槍手也不會打中你的。」

儘管他說得自信滿滿，墨輕染還是對他的槍法沒什麼信心。斟酌幾秒後，墨輕染無奈地答應了下來。

「既然你想要，我就去找把槍來讓你玩玩。就算打中我也不必驚慌，我一樣有諾林值構成的保護層，中幾發子彈也不會有事。」

不得不說，墨輕染對墨輕玄的好，已經到了縱容行兇的地步。

「你這麼說我就放心了，即便我失手，也不可能失手到打中你同一位置三槍的地步。」

他的說法讓墨輕染眉頭輕蹙，最後依然只能無奈地應了一聲沒錯。

今天想談的事情都談得差不多了，飯也吃完了，季望初發現，他們忽然進入無事可做的狀態。

由於墨輕玄長期昏睡，記憶裡他們之間的相處，同在一個房間的狀況下，不是吃飯，就是安靜地各自待著。

但他們現在的關係，可不是記憶裡那種近乎冰點的狀況，他現在又使用了藥物精神好得很，不太適合用休息當藉口假裝睡覺。

算了。就當作是給委託人一點福利吧。

抱持著這樣的心情，季望初咳了一聲，準備開始跟墨輕染閒話家常。

「輕染，你需要休息嗎？目前該談的事情都談完了，如果還有精神，要不要聊聊天？」

此話一出，墨輕染愣了愣，顯得有點措手不及。

「聊天……要聊什麼？」

「跟我說說你的事情吧，我一直只能從新聞上認識你。」

季望初提出明確的要求後，墨輕染似乎有點困擾。

「我的事情有什麼好說的呢？哪方面的事情？」

雖然季望初不曉得墨輕玄比較好奇的是哪個部分，但他也沒有傳訊息詢問瑛昭的意思。額外的福利，沒必要服務得那麼貼心。

「不然先說說你的婚約？你跟岳家大小姐到底有沒有感情？我只知道你們在公開場合見面的次數不多，但我不清楚你們有沒有私交。」

對於這件事，墨輕染大概是覺得沒什麼不能說的，於是爽快地給了回應。

「沒什麼私交可言。當初是她單方面糾纏我，一直送禮物、寫信、製造偶遇機會，我煩得很。後來見我都沒有反應，她讓自己爺爺跟父親交涉，許下了大量的利益，終於如願成為我的未婚妻，算是父親為了那些好處把我給賣了吧，我的婚姻對父親來說是個利益交換的好工具，岳家是數一數二的大家族，這筆交易他很滿意。」

他交代的內容，讓季望初略感意外。原本他以為雙方都是家族聯姻下的犧牲品，沒想到這聯姻竟是女方強勢倒追促成的。

從墨輕染的描述聽來，岳家大小姐像是被嬌寵著長大的女人，雖然岳家肯談聯姻，一部分的原因應該是看好墨輕染，但大小姐本身的意願肯定也占了不少。

「聽起來你未婚妻很喜歡你，她知道祭品的事嗎？你叛逃之後，她有沒有偷偷支援你啊？」

「她有試圖用各種方法聯繫我，不停地想給我送物資，勸我去岳家躲著由他們提供庇護……但我沒理過。祭品的事，她可能不知道，但她爺爺一定知道。」

「不理她，是因為覺得是陷阱嗎？」

「嗯。就算她本人真的只是單純想幫助我，她背後的家族也不會允許。要避開家族行動，她沒有這個本事，祭品的誘惑力太大了，岳家不可能只因為她個人的意願就放棄。」

倘若墨輕染交出墨輕玄，岳家倒是比較有可能保他，但墨輕染本來就是為了保護墨輕玄才從墨家叛逃，這麼做的話，先前的努力就毫無意義了。

「就當作她本人真心想幫助你好了，那她對你也算是有情有義，但你好像不怎麼喜歡她的樣子，為什麼呢？我以為你會喜歡真心對你好的人？」

在季望初看來，墨輕染之所以將墨輕玄放在心上這麼多年，除了救命之恩，另一個重點就是不涉及利益的真心。

不是因為他有價值才對他好。

「我沒辦法確認她是不是真心的，而且我也不需要喜歡那麼多人，一個就夠了。」

他口中的這一個，自然就是墨輕玄。

「那如果我不在了，你會喜歡別人嗎？」

真正的世界線裡，墨輕玄自殺了。

那之後，墨輕染到底怎麼樣了呢？

季望初承認，自己有那麼一點好奇。儘管他只是在扮演墨輕玄，眼前這個人不是他真正的弟弟，但相處了這幾次後，他還是莫名地有點在意。

「如果你不在了……」

墨輕染試著想像那樣的狀況後，面帶惆悵地說了自己的想法。

「那可能要看這個世界還有沒有值得我喜歡的人吧，我想是沒有。」

這句消極的話，讓對談的氣氛沉重了起來。

「這是不是代表，你可以為自己而活了呢？」

季望初試圖往樂觀的方向詮釋他的意思，墨輕染則在聽他這麼說之後，立即露出緊張的表情。

「你想做什麼？不要覺得自己拖累我，我從來沒這麼想過。」

他顯然對季望初問話的動機產生了一點誤會，見狀，季望初連忙解釋。

「我可沒有放棄生命或離開你的意思，不要誤會。我只是在想，能力者通常比普通人長壽，而且執行計畫的過程中，誰也不知道會不會出什麼意外，萬一我不幸死了，你後續會有什麼打算？」

這個問題撇除掉他個人的關心，其實也是幫墨輕玄問的。

墨輕玄會不會想知道自殺之後，墨輕染怎麼樣了呢？

即便時空背景條件不同的現在，墨輕染無法給出一定準確的答案，但至少有點參考價值。

「什麼打算？反正我是不可能回到原本的生活了，應該會繼續逃亡，一面精進自己的實力，等到實力夠了，該復仇就復仇，就這樣吧，後續我也想不出來了。」

墨輕染簡單交代了自己目前的想法。

「除了復仇，你還有沒有什麼自己想做的事？」

「自己想做的事嗎……」

墨輕染困擾地認真思考了一下，最終搖了搖頭。

「沒有。以前只想著如何生存，想著要過得比仇人好，站到更高的地方，但後來我越來越覺得沒什麼意思。我不知道我是在為了什麼努力，彷彿努力的結果，就只是成為自己憎恨的那種人，甚至比他更討厭。」

聽到這裡，季望初心裡也有了猜測，但他沒有說出來。

他想著，墨輕染最後的結局肯定好不到哪裡去。他沒問出口的話是「復仇如果順利結束你會選擇自殺嗎」，畢竟這只是個猜測，沒必要說出來讓墨輕玄糾結難過。

「你不知道，其實我——」

此時，墨輕染再次開口，但他看起來有幾分遲疑，停頓幾秒後才低著頭，說了下去。

「其實我並不是一開始就決定要救你。起初我也是冷漠旁觀，覺得不關我的事，我就是個人渣，一個默許父親做骯髒事情的人渣。」

他的突然坦白，讓季望初有點意外。既然話題轉到這裡，他便順著追問。

「那你是怎麼改變心意的？」

「……我雖然想單純旁觀，心裡卻一直放不下這件事。你生日前一個月，我偷偷去看過你。你看起來……就是一副被保護得很好的樣子，無論面對誰都溫和有禮，身上彷彿沒有任何陰暗面，太乾淨了，整個人就像是假的。會覺得假，大概是因為我的生命裡不存在這樣的人。不，嚴格來說，你也曾出現在我的生命裡，雖然就那麼短短一次。」

說著，他深吸了一口氣，稍微調整了情緒。

「我不知道該怎麼描述當時的心情。反正那天回去後，我整夜沒睡，思考了很多這些年我都沒好好面對的問題，最後……就是這樣了。」

＊

靜靜聽完這段內心獨白的墨輕玄，此時正緊抿著唇，愁眉苦臉。

瑛昭看著他的表情，不用讀心也能大致猜出他在想什麼。

結果委託人還是被迫面對了墨輕染不是好人的事實，還承受得住嗎？接下來……應該不會再有什麼衝擊性的事情需要他消化了吧？

「瑛昭，我可以訪問一下他的心情嗎？應該可以吧？」

璉夢的態度稍微進步了一點，至少他現在懂得尊重瑛昭部長的身分，在跟墨輕玄搭話之前，先詢問了瑛昭的意見。

雖然從他的語氣聽來，他大概只能接受瑛昭回答「可以」。

「您怎麼就這麼無聊呢，安安靜靜看任務過程不好嗎？老是喜歡騷擾委託人。」

瑛昭並不贊同璉夢有事沒事就想問墨輕玄問題的做法，然而如他所料，璉夢詢問他的意見，只是給他面子，事實上根本沒有要聽話的意思。

「你認為這是騷擾？那我只能說，你的觀點太膚淺了，提問與交流時常有助委託人釐清自己內心的想法，有時候甚至還有開導的作用，你是不是因為自己不擅長聊天才想不到這些呢？」

璉夢的話乍聽之下有點道理，但瑛昭還是難以被說服。

我承認自己不太擅長聊天，但是您也沒好到哪裡去啊！您那種戳人痛處的聊天方式，美其名是開導委託人，狠狠把人家打醒，實際上呢？不要以為我這麼好騙好嗎？

「我依然覺得您應該安靜看任務，不要節外生枝。」

「你還年輕，應該虛心接受指教才是，瑛昭。」

他們各自的堅持，逐漸形成一種劍拔弩張的氣氛，使得墨輕玄緊張地插了話。

『那個……要問什麼都可以，我沒關係的，不要為了我吵架……』

「委託人都說可以了，你沒有立場繼續阻攔我。」

璉夢愉悅地宣告了自己的勝利，瑛昭也只能無奈地嘆氣。

想幫委託人主持公道，但委託人不站在自己這邊的時候，無力感是很強烈的。

「那我就直接問了，墨輕玄，聽完弟弟的自白，你有什麼感受？」

瑛昭不清楚璉夢想得到的是什麼樣的答案。也可能他沒有預設立場，單純只是好奇。

不過這種新聞記者的即視感，仍讓瑛昭不忍直視。

『我覺得心裡酸酸的……我不知道輕染為什麼要說自己是人渣，也許他真的跟著父親做了很多壞事吧，我沒有辦法想像是什麼樣的壞事，可是打從成為父親的兒子開始，他就已經沒得選了，除非他願意去死，不是嗎？我跟他都是一樣的，在父親判定我們的價值後，我們的路就已經被決定好了，我們沒得選，也沒有能力擺脫父親安排給我們的命運……』

他越說神情越悲傷，似是從墨輕染身上聯想到了自己。

這番悲傷的話語，也讓瑛昭心情複雜。

身為一個很會投胎的神二代，瑛昭很難體會那種命運被別人決定，自己沒得選的感覺，他很努力想代入，但努力了半天依然體會不了那種心境。

怎麼辦，我的歷練……光用聽跟看的不夠嗎？我好像沒有辦法良好地感受委託人的人生，仔細想想，之前的案例，我的感悟應該也停留在表層，沒有很深入吧？

這樣對我的歷練到底有沒有幫助呢？難道親身投入任務體驗才是正確做法？但是，我是部長，不是執行員啊，偶爾做一次任務還可以，長期投入任務的話，怎麼想都怪怪的吧？我這麼不專業，還是看季先生跑任務比較實際啊！

瑛昭陷入了歷練方式的糾結中，璉夢與墨輕玄的交談則繼續著。

「那麼，你恨你父親嗎？如果有機會，你會不會想報復？」

分出一分注意力聽他們交談的瑛昭，在聽到這個問題後，也有點好奇墨輕玄的答案。

應該會想報復吧？父親騙了他一輩子，而且完全沒給他留活路，打從一開始就沒放真感情在他身上，遇到這種情況，是不是會恨不得反手弄死對方？

他在心裡猜測著，墨輕玄則蒼白著臉，遲遲沒有出聲。

「有這麼難回答嗎？恨與不恨，復仇與不復仇，需要想這麼久？」

璉夢笑笑地追問，即便他催促了，墨輕玄仍一臉為難，硬是擠不出一句話來。

他的態度讓瑛昭十分意外。

這還需要想嗎？難道有不恨跟不想報復的可能？為什麼？

「瑛昭，你看起來很驚訝，莫非你想不出他遲遲不回答的原因？」

「確實是想不出來。」

瑛昭老實承認後，璉夢眼睛一亮，似乎很高興。

「那麼，要不要虛心求教一下？」

……

父親大人，您這是……我這麼遲鈍，都能感受到您的指導欲望了，您有這麼想指導我嗎？雖然我沒有一定要知道答案，但您都開口了，我是不是該給您一點面子，以免您心情太差影響考核評分？

「如果父親大人願意指點，就請您告訴我為什麼吧。」

瑛昭謹慎地擺出求教的態度後，璉夢便心滿意足地開始解釋了。

「其實愛與恨，沒那麼簡單的，人類的情感不是非黑即白瞬間就能翻轉的東西，就算知道自己被騙，知道父親沒有真正愛過自己，甚至知道了父親想要自己的命，他對父親的感情也不是說抹去就能抹去。儘管真相殘酷，但記憶裡都是些美好的回憶啊，父親沒愛過他，但他卻愛過父親吧，所以他才會無法立即回答我的問題。」

哇，父親大人這次講得真詳細，都沒要我自己好好想一想，就直接給了詳盡的答案耶，他是不是希望我多問，所以改了教導的方式，認為親切一點就能增加我求教的次數？

「可是那些美好的回憶也是假的啊。」

瑛昭提出了自己進一步的疑問，璉夢也笑著繼續說明。

「你不能這麼說，美好的回憶當下的畫面與感受到的情緒都是真的，只有包藏在底下的真心是假的。二十幾年的感情，以他這種性格，如果能一秒就回答要復仇，那才奇怪。」

也就是說父親大人您知道他一時之間回答不出來，卻還是故意那樣問？是我誤會了，父親大人真的有幫助他思考的意思？

「墨輕玄，你說對不對？」

發表完自己的看法後，璉夢還求證當事人，想讓墨輕玄證實自己剖析正確。

在墨輕玄神色黯然地點頭後，瑛昭又開始同情他了。

真是不好意思，我們部門平常不是這樣的，平常我父親不會在這裡，體驗不會這麼差……假如有服務滿意度調查，有父親大人在，我們一定拿不到五顆星……啊，差點忘了，第十九號部門不是以服務委託者為目的存在的部門，我真的必須時時刻刻提醒自己這一點，不然老是忘記……

「瑛昭，你還有其他想問的嗎？」

恍惚間，他聽見璉夢又問了一句，當即搖了搖頭。

我覺得，我會難以代入墨輕玄的角色，用他的立場來想事情，大概是因為我有讀心的能力，根本不可能被騙這麼久吧。對方是否真心喜歡我，只要多讀幾次心，總是會知道的，所以正常來說，我還來不及對壞人產生好感，就會識破他的欺騙，進而遠離他，不會有很深的愛，自然也就不會有很深的恨。

這樣說來，擁有讀心的能力到底是好還是不好呢？

*

墨輕染告解般說完那些話後，看似疲倦地靠著牆坐下，彷彿光是對著季望初說出自己的心路歷程，就費盡了全身的力氣。

季望初整理了一下他話語中的訊息，經過思索後，這才開口說出自己的看法。

「我認為，你不需要把自己說得那麼差勁。無論如何，你救了我，明明你做的是一件好事，卻把一切說得很糟糕，這怎麼看都很奇怪吧。」

墨輕染並沒有輕易被他的話安慰。聽完他的話，墨輕染只消極地回了一句。

「你認為結果是好的，過程跟動機就不重要了嗎？」

這是個不太好回答的問題，不過季望初只頓了一下，就快速做出回答。

「沒有不重要，只是以這件事來說，過程跟動機遠沒有結果重要。我活下來了，我很高興，比起從一開始就想救我，最後卻沒救，我覺得一開始不想救我，最後卻救了我，絕對是更好的。」

聞言，墨輕染陷入了沉默中，也不知道有沒有聽進去。

「如果聊這個話題會讓你一直產生厭惡自己的情緒，我想我們還是回頭聊你的未婚妻好了。」

「……我的未婚妻還有什麼好聊的？」

「她這麼迷戀你，總該有個原因吧？你是不是曾經英雄救美過？」

想要改變氣氛，就要挑輕鬆一點的話題，就算這個話題墨輕染不喜歡也沒有關係。

「我像是會英雄救美的人嗎？」

墨輕染嗤笑了一聲，像是覺得季望初的猜測很可笑，季望初則厚著臉皮指了指自己。

「我美嗎？」

「……」

面對這種神回應，墨輕染除了無言，也無法有其他反應了。

第八章

由於墨輕染對話題不知所謂的閒聊實在不感興趣，答覆也越來越敷衍，看似沒有心情說笑，季望初索性指了指電視，表示自己想看看新聞。

這次的落腳處是旅館，有電視可看，難得有東西能打發時間並收集訊息，季望初當然不會放過。

「你想看新聞，是想看看有沒有我的通緝嗎？」

墨輕染一面拿起遙控器，一面問了他一句。

「不是，我只是無聊，閒得發慌，想打發時間。」

「……想打發時間的話不用看新聞台吧，其他台不是比較有趣？」

「那你說說看，什麼台有趣？」

異世界的電視台都有什麼電視節目，季望初其實沒有概念，墨輕玄的記憶裡也沒多少電視畫面，所以他決定直接問墨輕染。

「普遍大眾喜歡的，大多是電影台跟競技台，還有一些能力者的選秀節目，一些自己覺醒能力的能力者，通常會報名參加這類的節目，爭取曝光度，好讓有需求的雇主看見自己。」

不得不說，這聽起來確實比新聞節目有趣多了。能看看新奇事物又不用費心學習，這對季望初來說還是有一定的吸引力。

「不然……先看半小時的新聞，再看看競技台或者選秀台吧？」

考慮到資訊獲取的部分，他依舊想看一下新聞台都在說什麼。

「行。」

墨輕染替他打開電視，選好頻道，就陪他看了起來。

新聞台正在播報的，是近期的一些命案。一看到這個主題，季望初就覺得很有可能出現與墨輕染相關的新聞，果不其然，主播播報完當前的命案後，畫面便切出墨輕染的照片，懸賞金也直接標註在照片下方。

主播重點說明了墨輕染的兇殘，期間搭配了一些殺人現場的照片。季望初有點意外這個世界可以不打碼就公開展示如此血腥的畫面，畢竟墨輕染屠殺後留下的那些屍體……是真的非常驚悚，連成年人都會被嚇到的那種。

「小孩子看新聞不會被這些畫面嚇到嗎？」

雖然他不確定墨輕染有沒有辦法回答這個問題，但他還是忍不住問了。

「不知道，我的生活中沒接觸幾個小孩子。」

「你當初第一次看到屍體是幾歲？有嚇到嗎？」

話題再次轉回墨輕染身上，這讓墨輕染皺了皺眉。

「第一次看到屍體應該是十歲吧，沒什麼感覺，因為人就是我殺的，比起有沒有被屍體嚇到，第一次殺人的感覺還比較強烈一點。」

他這句話成功勾起了季望初的興趣。但在好奇追問細節之前，他又想起了自己是墨輕玄，此時不該有這種情緒表現。

「十歲還只是個孩子啊，發生了什麼事？是為了自保嗎？」

季望初表現出了焦急的關心，這才是墨輕玄該有的樣子。

「是為了自保嗎……我也不清楚。」

墨輕染喃喃自語了一句，語氣顯得很不確定。

「當時是什麼狀況？你願意告訴我嗎？」

季望初其實沒有一定要知道詳情，只是，如果墨輕染願意說，那就代表墨輕染對他的信賴度又上升了，這會是個好現象。

「其實也沒什麼好說的，就是個想猥褻我的老變態，我不想忍了，索性直接幹掉他，一了百了。」

這段話包含的訊息有點多，季望初只能說，墨輕玄的人生確實很坎坷，很多人不會遇到的事，他都遇到了，要不是他卓越的天賦被發掘出來，不知道還有多少糟糕的事情會出現在他的生命裡。

「那時候……你的能力已經覺醒了嗎？」

「還沒呢，要是已經覺醒了，那個老傢伙哪敢這樣對我。」

也就是說，那時候的墨輕染就只是個普通的十歲小孩。這種狀況下，想獨立殺死一個大人，恐怕也很不容易。

「輕染，你真勇敢。」

他判斷對方不需要同情，所以決定用讚美的方式回應。

「比起勇敢，其實更像是有勇無謀吧。我沒有擬訂好殺人之後的各種事宜，甚至連屍體都不想處理，因為覺得噁心。那時候我只想著，就算同歸於盡也無所謂，我就是要這個人死——但後來想想，真的同歸於盡的話也太不值得了，他的命跟我的命能等價嗎？顯然是不能的。」

在這個異世界，殺人似乎不是一件非常嚴重的事，但通常還是得付出代價。墨輕玄的記憶裡沒有墨輕染幼年殺過人的新聞，那麼當時一定有人幫他處理善後。

「那個時候，有人幫你收尾？」

「嗯。發現的人向父親報告後，父親叫人傳話，只說了一句『不要用這種方式來吸引我的注意力』，就幫我把事情壓了下去，連我殺人的理由都沒問。我恨極了他的自以為是，但我也不能怎麼樣，那時的我根本沒資格跑到他面前，跟他進行平等的交談。」

說著，墨輕染想了想，下了一個令人不開心的結論。

「我想對他來說，現在的我一樣沒資格與他平等對談。畢竟我只是一個人，而他代表的是整個家族勢力。天賦固然重要，但在我取得凌駕於家族勢力的實力之前，我依然什麼也不是，頂多就是一把好用的刀。」

季望初分析他的用字遣詞與情緒，再綜合先前他說過的話後，有了一個猜測。

「你很在乎父親的認可嗎？」

墨輕染被這個問題問住了。他第一時間似乎反射性地想否認，但話到了嘴邊又說不出口，掙扎了好半晌，才擠出一句話。

「我曾經……很在乎吧。不過現在已經無所謂了，過去的我太愚蠢，對父親還抱有一絲親情的奢望，事實上，父親根本只愛他自己，而這種人的愛跟認可，我就算得到了，又有什麼意義呢……」

他自嘲的笑容帶著苦澀，就在此時，新聞台恰好出現了他們父親對著鏡頭講話的畫面。

畫面上的中年男子神情嚴肅，聲音冷冽地說出墨家為了追緝墨輕染已經犧牲掉多少菁英，並義正詞嚴地要求各個勢力不要包庇罪人，也不要私底下提供資源給這個兇殘的通緝犯，一旦這類的行為被墨家查到，他一定會追究相關責任。

期間，關於墨輕染被通緝的原因，他只用幾句話敷衍帶過，最後還公開呼籲，要墨輕染放棄抵抗，出來自首。

『輕染，回來吧，別再製造更多殺戮了。只要你肯回頭，事情就還有轉圜的餘地——』

墨輕染看到這裡便直接轉台，看起來一點也不想聽完父親要說的話。

他緊抿著唇，情緒看似受到不小的影響，那雙異色的眼睛裡也湧現出恨意。

假如父親此刻就站在他眼前，他說不定會忍不住直接動手。

「……輕染。」

季望初下了床，走到墨輕染身邊，輕手輕腳地坐下，然後伸手輕觸了他的手臂。

「你還想見到父親嗎？」

「什麼？你該不會以為他喊幾句，我就會乖乖聽話帶著你回去吧？」

他敏感地以為季望初是要自己投降，對此，季望初只能說，果然情緒上來了，就不用腦子了。

「我到底要重複提多少次，你才會相信我對讓你變強的計畫是真心的？都已經計畫好了，我又要你聽父親的話帶我回去，這不是自相矛盾嗎？還是你覺得我很想念父親，想念到不惜放棄原本的計畫？他可是要吃了我耶。」

季望初的話讓墨輕染意識到自己的錯誤，連忙道歉。

「抱歉，是我不對，我想錯了。」

看得出來，誤會季望初這件事讓墨輕染瞬間變得很緊張，他在道歉後甚至不敢多問什麼，也低垂著頭，沒有看向季望初。

這是不知所措，生怕又做錯什麼而被討厭的表現嗎？

季望初一面評估，一面說出自己原本的意思。

「我問你想不想見到父親，是想知道你會不會想見他一面，痛罵他一頓，或者用更激進的方式讓他永遠閉嘴呢？」

聞言，墨輕染驚訝地抬起頭，彷彿很訝異他會說出這種話。

季望初自己也知道，提議復仇並不符合墨輕玄的個性，不過，仗著墨輕染對墨輕玄的了解不多，即使被墨輕染這樣看著，他也一點都不心虛，態度依舊從容。

「為什麼用這種表情看我？你覺得我不該問你這個問題嗎？」

「不，我沒有覺得不該，只是……你個性比較溫和膽小，那天知道真相後，你也沒有什麼氣憤的表示，我以為你沒想過報復。」

「如果我不想報復，那一定是因為我沒有能力。但我現在有你可以依靠啊，登上世界第一位的決心不是說假的吧？只要你有那種實力，就可以毫無顧忌地去見父親，即使不殺他，揍他一頓也好啊？」

聽到他說揍一頓也好之後，墨輕染神色複雜，好半晌才回應。

「只是揍一頓嗎？好溫柔的復仇。」

「你想關起來天天揍也可以，我沒有意見。」

季望初微笑望著他，又給兩人的未來計畫添上了一筆。

「實力提升後的第一站，就決定是墨家吧！」

*

螢幕外，連要不要復仇都還無法決定的墨輕玄，見事情發展成這樣，瞬間目瞪口呆。

『等、等一下，他們現在是要殺回墨家復仇了嗎？他們會殺了父親？我還沒做好心理準備啊！』

他慌張的呼喊讓瑛昭跟璉夢同時看向他，這次先開口的人是瑛昭。

「需要我傳訊息給季先生，要他取消這個計畫嗎？雖然他未必會聽話，因為這件事與任務目標並不衝突。」

瑛昭才剛問出這句話，墨輕玄都還沒回答，璉夢就不滿地抗議了。

「怎麼可以取消？你別破壞我看戲的樂趣，第十九號部門又不是服務業，你為委託人設想這麼周到做什麼？」

璉夢的話讓瑛昭實在無言以對，墨輕玄也馬上縮了回去。

『當、當我沒說吧，是我不好，意見太多了……』

你……你怎麼這樣就放棄了？自己的權益，好歹也堅持一下吧，而且目前只有一個人反對，好歹我是站在你這邊的，你又不是孤立無援！

「瑛昭，委託人可是比你識相多了，做為評估部門存廢的考核，你真是一點覺悟也沒有。」

被他這麼一說，原本就鬱悶的瑛昭頓時忍不下去，直接爆發。

「所謂的覺悟，就是要配合您的喜好行事嗎？難道一定得刻意討好您，考核才有可能通過？這就是您要我學習的東西嗎？您是要我認清職場的現實，學著世故一點？」

這是璉夢第一次看瑛昭認真發脾氣，他的反應也跟瑛昭設想的完全不一樣。

瑛昭以為，自己父親要嘛發怒，要嘛笑著指出自己的錯誤，但璉夢的反應卻是如同看見什麼稀奇事物一般，睜大了眼睛驚嘆。

「瑛昭，你終於學會對父母使性子了嗎？你知不知道我一直很期待——不，應該說我一直懷疑你是否欠缺一些正常人該有的情感，沒想到是我想太多了，你只是還沒遇到會爆發的點啊！」

……父親大人果然不太正常。一般來說，聽到我說出這種話，會是這樣的反應？無論是上司還是父親的立場，都不該是這樣的反應吧……害我心情複雜，都不知道該說什麼才好了……

「父親大人……您想說的只有這些嗎？」

此刻的瑛昭，真切地感覺到心很疲憊。

「我要說的當然不是只有這些。你剛剛說的話，只對了一半，我可沒有要你學什麼職場世故，那些東西你不需要懂，因為你唯一的上司就是我。當上司就是你父親的時候，你有很多方法可以度過眼前的難關，也就是你前面說的——討好我。不曉得你知不知道，我做事從來不講求公正，只在乎個人喜好，向來都用我自己的標準來評斷事情，所以不配合我的喜好，這場考核的確不會過，你信嗎？」

聽完這些話，瑛昭壓抑住自己瘋狂想讀心的念頭，斬釘截鐵地回了一句。

「我不信。」

「……為什麼不信？」

「再怎麼說，您都是神界地位最高的神，考慮到您個性這麼差，如果您真的全憑喜好做事，神界早就大亂了。」

他肯定的態度與清澈的眼神，讓璉夢一時之間啞口無言，過幾秒才嘆了一口氣。

「這些年我真的沒有好好教過你……你怎麼就變成這個樣子了……」

父親大人，您這副充滿挫敗的模樣是怎麼回事？我表現出來的樣子有很糟糕嗎？

「這個樣子是哪個樣子？您能不能說明白一點？」

「就是啊，就是那種出淤泥而不染，堅信善良與正義的單純模樣，唉唉。」

什麼意思？這不好嗎？還有，您這個比喻，到底是說您是淤泥、天奉宮是淤泥，還是神界是淤泥？

「堅信善良與正義不是應該的嗎？您覺得這種模樣不好？」

「怎麼說呢，也許沒有不好，不過我有些老友看到這種模樣的人就會想吐，我養出這樣的兒子，都不知道該怎麼面對老友了。」

……

瑛昭無言地盯著璉夢看了好一會兒，才不太開心地開口。

「這怎麼聽都是您那些朋友的問題吧！父親大人交的都是些什麼朋友啊，就這麼討厭好人？」

「都是些有頭有臉的上神啊，一根手指就能把你壓死的那種。」

瑛昭覺得，這個話題還是不要再繼續下去比較好，感覺只會越講越氣。

「總之，我相信父親大人能公正評分，就算有一些私心，那也該是心疼兒子的努力所以評分時特別寬容才對！」

在他再次強調自己的想法後，璉夢投降了。

「好了，你別說了，我會好好評分，你如果想要求阿初取消計畫，也可以發訊息給他，反正我相信阿初不會讓我失望的。」

可惡！我也覺得季先生不會聽我的話，所以繞來繞去，結果依然會讓父親大人稱心如意嘛！

儘管心裡不甘心，但他也沒有任何辦法。

這時，瑛昭注意到旁觀了許久的墨輕玄正處在呆滯的狀態，便開口慰問了一句。

「不好意思，我跟我父親起了一點小爭執，有沒有嚇到你？」

『沒、沒有。我只是覺得……您們相處的模式真特別，感覺這才是真正感情好的父子吧……』

他說著，神色逐漸黯淡下去。

「你是想起自己父親虛偽的臉孔，才發出這樣的感嘆嗎？」

又來了！父親大人又在訪問受害者的心情了！

『啊……其實他虛不虛偽，我也看不出來，但仔細想想，他面對我的時候，實在有點太完美了，親切的笑容始終掛在他臉上，不曾消失過，彷彿他看到我就是這麼高興，不會有任何負面情緒……然而，他也沒有教過我什麼，跟我相處時，他有無限的耐心與包容心，從來不會指責我任何事情，也不會說我哪裡不足……這不是個正常的父親吧，直到謊言被戳穿，我才明白。』

他落寞的神情，讓瑛昭一方面同情，一方面又想反駁。

雖然你們的父子關係有問題，但我跟我父親的相處模式也不正常吧？請你不要拿來參考，神界的父子和人界不同，沒辦法相提並論啊！

「瑛昭，你喜歡他口中那種類型的父親嗎？」

此時璉夢直接忽略墨輕玄的心情，問了一個很突兀的問題，瑛昭不禁皺起眉頭。

「您真正想問的是什麼，能不能直白一點？」

「我只是好奇你的喜好。」

「難道我說喜歡，您就會改？」

面對他的問題，璉夢笑了笑，那表情就像是在說：你怎麼會問出這種問題？

「我不會為了任何人改變自己。不過，只要你不讓我教，我覺得我跟他描述的那種父親也差不多，總是跟你維持禮貌且友善的距離。」

我不明白您想表達的意思。總覺得有幾分嘲諷的意味，是我的錯覺嗎？

「我還是不懂——」

「意思就是，我如果看起來跟他爸差不多，都是你害的。」

「……」

瑛昭放棄理解璉夢的思考邏輯，他決定將注意力挪回螢幕上，只要璉夢不繼續說話，就當他不存在。

＊

季望初這邊，跟墨輕染約定好出關就前往墨家後，他便指揮著墨輕染轉到了競技台，打算觀察更多能力者之間的戰鬥。

按照墨輕染的說法，競技台有很多，大部分都會簽生死狀。這些競技台背後通常有特定的金主出資舉辦比賽，獲得前面的名次或展現出特別的戰鬥能力，就能被金主所屬的那個勢力簽下，成為他們的戰力。

聽聞規則後，季望初覺得這個異世界實在很野蠻，而且不怎麼把人命當一回事。或許是擁有能力後，能做的事情太多，個人戰鬥能力也變得太強大，才會讓世界慢慢變成如今的模樣，至於有沒有適用於能力者的法律，墨輕玄沒研讀過，他也不好開口問墨輕染，以免對方覺得奇怪。

畢竟，會問這種問題的人，感覺就不像是這個世界的人。

剛轉到競技台的時候，台上的人已經打到一半，季望初看著兩個男人在賽場上不顧形象地撕扯對方，只能勉強看出其中一人的指甲會變長變利，另一個人可以發出細小的氣刃，攻擊範圍大概在兩公尺左右。好不容易等到後者倒下，一聽到主辦方宣布勝利者成功進入三十二強，季望初的臉色就變得有點古怪。

「三十二強？是不是這台的參賽者比較弱？他看起來也不怎麼樣啊，這樣已經能排行前三十二了？」

他懷疑是自己看慣了墨輕染的戰鬥，眼光因而有點高。聽見他的疑問後，墨輕染也淡淡地點評了一句。

「的確不怎麼樣，我殺他只要一秒吧。」

……只要一秒啊？這就是頂級能力者跟一般能力者的差距嗎？

「真正的強者是不是不會上這種節目？」

「那也未必。不過報名參加節目的能力者確實良莠不齊，每台每屆的冠軍實力也時常相差巨大，我平時雖然不看這種節目，但有聽同學說過，他們一方面想要獎金，一方面也參與賽事賭博，所以做了不少研究。」

聞言，季望初頓時對競技台失去了不少興趣。在睡意來襲之前，他頻繁要求轉台，大約看了五場戰鬥，但只有一場勉強有點亮眼之處。

「來襲擊我們的人，絕對比這些競技台上的冠軍強吧？」

「當然。早期的還比較弱一點，最近幾次父親大人是下重本了，有幾個我認識，都是墨家很有名的人物……」

說著，墨輕染微微停頓後，俊美的臉上浮現出譏諷的笑意。

「但現在什麼都不是了，就只是一些殘缺的屍塊。父親折損這麼多有用人力，恐怕也急了吧，不知道他現在是氣得跳腳，還是後悔派出壓制不住我的人，造成人才白白犧牲呢？」

「急了，是無法對他的利益分贓合夥人交代，還是怕你被其他勢力抓到，導致他養我二十二年的心血白白便宜別人？」

「依照我對父親的了解，合夥人的問題他應該有辦法處理，他比較擔心的可能是我走投無路把你吃了。」

噢。的確。那樣的話，不只是心血白費，還培養出一個無法戰勝的敵人，簡直虧到極點。

季望初在心中對墨家家主冷嘲熱諷，接著，睡意忽然上湧，他打了個呵欠，意識到自己又要陷入昏睡中了。

「輕染，我又要睡著了，你記得幫我搞把槍，種類多一點我比較好試手感，提神藥物也要補充……」

「好。」

「直接激發能力的道具，別忘了弄……」

「好。我記得。」

「還有……抽我的血拿去用……多抽幾管，不要到致死量就好……」

「好。」

墨輕染在應聲的同時，也將睏倦不已的他打橫抱起，放回床上，替他蓋好被子。

「晚安，好好休息吧。」

他以溫柔的語氣道了晚安，季望初雖然想回應，但還來不及說什麼，就昏迷了過去。

*

按照經驗，每次睡醒都有驚喜，因為各方勢力追殺得太勤，墨輕染時常處在戰鬥狀態。季望初一有知覺，就在想這回會不會有什麼血肉橫飛的畫面，但他睜開眼睛後看見的卻是個安靜的帳篷，墨輕染人不在，帳篷內則擺放著他需要的藥物，以及三把槍。

因為身上有力氣，他便拿起槍把玩了一下。這個世界的槍構造上有一些不同的地方，季望初很有實踐精神地動手拆解能拆的部分，接著忍不住想射擊看看，於是便揭開帳篷，走了出去。

這裡不知道是什麼地方，總之看起來荒郊野外，鳥不生蛋，開個幾槍應該也不會有人發現。如此判斷後，他看似隨意地舉起槍，就朝遠處的樹射擊。

異世界手槍的初次使用感受是令人滿意的，由於構造的不同，精準射擊變得更為容易，看樣子想在戰鬥中幫上忙，應該是很有機會的事。

因此，墨輕染回來幫他做了激發手續，卻沒能覺醒任何能力後，他也沒有多失望，心情依然好得很。

「我有幾件事情要告訴你，你想先聽跟你有關的，還是跟我有關的？」

墨輕染的心情看起來也很不錯，季望初沒漏看他剛回來時驚喜的表情，顯然自己沉睡的這段期間，發生了一些不尋常的事。

「先聽跟我有關的好了。」

他覺得，多半還是自己身上發生的事情，才會讓墨輕染有比較強烈的情緒反應。

「首先……你這次昏睡，睡了三個月。」

墨輕染才說第一句話，就帶來了一個他從未想過的消息。

「什麼？」

他的驚訝不是演出來的，完全發自內心。畢竟他沒想過人類可以不吃不喝睡三個月還不死，也沒想過自己會無預警地沉睡這麼久——這是先前不曾有過的。

「我沒有辦法肯定你昏睡的原因，所以這陣子都很焦慮。你睡到第三天的時候，我猜想是你使用提神藥物透支了體力，導致要花更長的時間來恢復，但到了第五天、第十天、第二十天……你都還是沒醒。於是我開始懷疑，是不是因為我抽了你的血，抽太多了，你才會醒不過來。」

墨輕染說話的聲音微微顫抖著，就好像回想起那時的心境一般。

「接下來的一個月，我不敢再抽你的血，可是你依然沉睡著。我的另一個猜測是，轉化儀式的殘餘物質對你的改造到了某個境界，如果這個推測成立，那你要嘛永遠都不會醒來，要嘛改造完成才會醒，我真的很害怕會是前者。」

看著他現在的表情，季望初不禁猜測，墨輕染脆弱的一面，或許只會在他面前表現出來。

「由於你的身體素質看起來沒什麼變化，依然處在健康的狀態，我就懷抱著希望，繼續一面修煉一面帶著你逃亡。為了能更好地保護你，後來我又抽了點血使用，現在你醒了，看來你的狀況應該是改造完成後清醒，也就是說，全身無力與不斷昏睡的情形之後大概不會再出現，這是我目前的判斷。」

關於他身體的狀況，墨輕染說完了，季望初在腦內消化了一下，才接著詢問。

「那麼你呢？你這三個月有什麼變化？」

「我的話，算是個好消息。」

墨輕染說著，露出了愉快的笑容。

「我想我們已經可以前往墨家了。」

季望初知道這句話是什麼意思，如果他沒有誤會的話。

「你覺得自己已經進化到天下無敵了？才三個月呢。」

「是啊，才三個月，我自己也很訝異。我覺得主要原因是你的血液功效隨著改造一直變強，加上我第一次吸血時吸的量不多，才會評估錯誤。」

儘管他這麼說，季望初仍然抱持懷疑的態度。

「但是你要怎麼確認自己已經強到可以打倒任何人了呢？」

「你覺得我騙你？」

墨輕染顯得有點委屈。

這個人就是這點麻煩。心思敏感，動不動就受傷。

季望初心裡這麼想，嘴巴上還是得安撫。

「我只是好奇你是怎麼知道的，能跟我說說原理嗎？我只是個普通人，對能力者相關的一切都很有興趣。」

聽完他的解釋，墨輕染的臉色才好看一些。

「因為先前的世界第一，已經被我殺了。三分鐘，不費吹灰之力。」

哇喔。

要不是顧忌到墨輕玄的形象，季望初會想吹個口哨。

「連公認世界第一的高手都跑來淌渾水了啊？不過，就沒有什麼更厲害的隱世高人之類的嗎？」

「我認為即使有，也不會比明面上的世界第一強多少。而且，我的提升也到極限了，已經沒什麼變強的空間，如果真的還有比我強的人……」

墨輕染說著，注視著季望初，溫柔地笑著問了一句。

「你願意跟我一起死嗎？」

倘若有人打得贏墨輕染，那麼「墨輕玄」就會被抓走，必死無疑。因此，他這句話的意思是，他絕對不會拋下哥哥獨活。

「好啊。」

季望初微微一笑，很乾脆地答應了。聞言，墨輕染面上的笑容又更燦爛了幾分，這張俊美得近乎妖異的臉，在露出這種表情時，足以讓任何一個人因美色而恍神。

他覺得這個笑容應該已經合格，但任務依然沒有結束。

於是他忍不住發了訊息詢問瑛昭。

『瑛昭大人，這算是真心的笑容吧？為什麼任務還不結束？』

『不好意思，父親大人堅持要看完你們回墨家見父親的部分，要麻煩你再繼續努力一下……』

瑛昭的聲音聽起來充滿歉疚，這件事其實在季望初的意料之中，加上他能理解瑛昭的難處，所以沒有發脾氣。

『璉夢上神就這麼想看父子相殘？他有說原因嗎？』

『他說要讓我看看真正的壞爸爸是什麼德行，觀摩別人的父子關係可以讓我有更多感悟，不是他自己想看。』

……

璉夢的腦袋是怎麼長的，季望初不予置評。

『委託人是不是不想看？』

『委託人的心情很複雜，他不太敢面對，卻又想看墨輕染邁出這一步，所以維持沉默安靜看著。』

墨輕玄的個性就跟他想的一樣優柔寡斷。不過，既然墨輕玄有一點想看的意思，季望初便決定鼓吹墨輕染立即實行計畫。

唯一比較可惜的是，槍都弄到手了，卻沒什麼派上用場的機會。原本他想分擔墨輕染的壓力，讓自己有點戰鬥能力，但墨輕染居然三個月就實力封頂，這一趟墨家之行，他多半只能看著墨輕染橫掃全場，沒有動手的必要。

「對了，我們怎麼會在野外住帳篷？世界第一強者都被你殺了，應該沒有人敢繼續找上門了才對啊。」

「住帳篷是因為這邊距離我尋找隱藏氣息物質的地點比較近，沒有特殊原因。世界第一強者被我殺死的消息，目前還沒有人知道，我把屍體處理掉了，所以現在大家只知道他失蹤，我想應該會有人猜測他打贏我之後，為了獨占你就藏了起來，這樣多少可以分散那些人的注意力。」

要不是墨輕玄是祭品，這番話聽起來真是有夠糟糕。季望初這麼想著。

「不過，因為我的諾林值提升了很多，已經可以不間斷使用能力來掩蓋你的氣息，他們找不到你就無法找上門，這個月的日子確實很平靜。」

「哦？那遮蔽氣息的特殊物質還要找嗎？」

「我已經找到了。剛好就在今天，你醒來的日子。」

墨輕染再次對他露出燦爛的笑容。

第九章

若要使用能力遮蔽氣息，墨輕染就不能距離季望初太遠，這陣子墨輕染外出使用的都是可以存留一段時間的臨時結界，為了日後方便，還是使用特殊物質比較好——這是墨輕染的說法。

特殊物質的使用方法也相當簡單，墨輕染將一塊不起眼的礦石放到碗裡，碎成粉末，再加入一些不明液體與不知名生物屍體的粉末，調製成整碗灰色的「湯」，接著便遞給季望初，要他喝下去。

親眼看了調製過程的季望初，無言地盯著這碗奇怪的東西，心底不由得咒罵璉夢為什麼要延長任務時間。

如果可以的話，他當然一點都不想喝。要是任務在剛剛墨輕染露出笑容時就結束，就不會遇到這種事了，但就算現在呼喚瑛昭，瑛昭也救不了他，他只能自己面對。

「……這個一定要喝嗎？」

季望初還想掙扎一下。

「怎麼了？是怕難喝嗎？抱歉，我應該考慮得周密一點，調味的部分也該處理，那我加點糖，你試試看？」

不是有沒有加糖的問題。材料感覺太黑暗料理了，這東西真的能喝嗎？見他依舊遲疑，墨輕染自顧自加糖，再倒出一小杯，自己試喝了一口。

「我覺得味道還可以，你要不要試試？」

他這如同在哄小孩吃藥的態度，讓季望初很不適應。

「這湯藥能保存嗎？」

「是可以保存一段時間，但是我們要去墨家了，先喝下去應該比較保險。」

「就是因為要去墨家，才先不喝啊。」

季望初擠出一絲笑容，開始說明自己的理由。

「我現在可是改造完成的祭品，氣息應該非常誘人吧？那麼戰鬥的時候你只要解開我身上的遮蔽結界，他們就會被我影響而分心，很有用的。」

他自認理由完美，但墨輕染卻沒有馬上接受。

「不，我已經夠強了，不需要拿你當誘餌，你用不著這樣，還有很多人不知道祭品的存在，這麼做對你來說風險太大——」

「有你在身邊，我哪需要考慮什麼風險？只要你護得住，我就是安全的。」

為了怕他繼續推辭，季望初又補上了一句話。

「輕染，我也想盡點心，為這場戰鬥做點什麼。我不是不喝，只是想等事情結束再喝，不可以嗎？」

他的話讓墨輕染深思了好幾秒，才終於慎重地點頭。

「好。你放心，我一定會保護好你，那些雜魚連你一根頭髮都休想碰到。」

逃過了喝湯藥的命運，季望初十分滿意，笑容中也多出了幾分真心。

「那就出發吧，我也帶上槍。」

「……你真的要用？不必那麼努力也沒關係吧，我會全部解決的。」

他這話多少有點質疑季望初槍法的意思，這使得季望初白了他一眼，不滿的情緒溢於言表。

見狀，墨輕染趕緊開口彌補。

「我不是懷疑你射不準，我只是覺得那些人在你開槍之前，應該就已經被我殺了。」

說謊。

季望初能輕易看出他是在為自己的失言找藉口，但為了避免對方更加慌張，他沒有繼續為難墨輕染。

「反正我就帶著吧，不一定會出手。」

他給了個台階，墨輕染連忙順著點頭。

帳篷收一收，東西帶一帶，兩人便朝著墨家出發。

直到現在，季望初依舊沒搞清楚墨輕染有什麼能力。如果現在詢問，墨輕染有可能會說，但他沒有百分之百的把握。

墨輕染對於別人打探自己能力的行為似乎相當敏感，他不想在這種時候試探，以免對方又想東想西。

雖然墨家之行告一段落後，任務便會結束，屆時他便不再有機會問出這個問題，但他本身不是好奇心很重的人，不知道的事一輩子都不知道也無所謂，沒有一定要弄清楚不可。

不過，從墨輕染一路走來的表現判斷，他還是可以推測出，這個人的能力鐵定有很多種。或許這也是他如此強悍的原因之一。

他們所在的位置距離墨家很遠，墨輕染先帶他去傳送點，傳到墨家所在的城市，接著便光明正大的和他一起搭乘大眾運輸工具，完全沒有遮掩身分的意思。

路上看見他們的人與共乘的乘客，幾乎每個人的臉上都充滿震驚。墨輕染這張臉太好認了，就算不認得臉，異色瞳這個特徵也足以讓大家判定他就是新聞中的通緝犯。

很多人因為新聞中那些兇殘的資訊而恐慌遠離，但也有不少膽子大的人，見墨輕染只是安靜地搭車，看起來一副無害的樣子，就在一段距離外好奇地窺視。

除此之外，偷偷拍照與偷偷傳訊息出去的人也不少，這一切墨輕染都有感知到，也看在眼裡，但他沒有任何反應，只靜靜坐著，等待列車到站。

第一次和墨輕染一起外出的季望初，沒想過他會如此明目張膽地露面，想到消息會快速擴散出去，他不由得看向墨輕染問了一句。

「就算你實力很強，不怕有人來找麻煩，但你難道不擔心父親收到情報就跑了？」

「他不會的。」

墨輕染露出淡淡的笑容，稍微剖析了一下對方的心理。

「我帶著健康完好的你一起出現，他會心存僥倖，覺得我沒對你下手，實力不會有誇張的增幅。儘管前面已經死了一堆高手，他依然會認為自己有機會，而且在墨家交戰的話，他可以做很多布置，對他來說比較有利。」

「他就沒考慮過完全打不過的可能性嗎？」

「即使有這個可能性，他也不會走。得不到你，他的壽命也是要走到盡頭，夾著尾巴灰溜溜地逃走，也不過苟活一兩年，跑了我一樣能找到他，與其那麼沒尊嚴，不如在自己的地盤全力一搏，他不可能再等到更好的機會了。」

經過他這番剖析，季望初對這位父親又多了幾分了解。

但他還是對墨輕染的做法頗有微詞。

「就算如此，你也不用增加自己打魔王的難度吧？要找父親算帳，悄無聲息地潛入不是比較理想？」

「不只是私下找他算帳而已。那不是我想要的方式。」

墨輕染盯著列車到站通知，輕聲說了下去。

「我要大家都知道、大家都看到他的失敗與毀滅。讓所有人都看看，他教出來的『好兒子』是如何忤逆他的。」

他與父親之間的議題，季望初不想插手，也不想插嘴。畢竟對他來說，墨輕染不是委託人，只是這個幻境中的一個幻象，季望初可以認真對待他，卻不會試圖在與任務無關的事情上改變他。

「好吧，你開心就好。」

他連「你會殺了父親嗎」這種問題都沒有問，只打算跟著看完全部過程，做個紀錄，就當自己是個轉播機器。

「待會可以離我遠一點，我的能力現在覆蓋範圍很大，橫跨半個墨家都不是問題。」

聞言，季望初頓了頓，然後問了一個問題。

「要不要你進去之後過五分鐘我再進去？避免誤傷。」

任務只差最後一小段路，他可不想遭遇意外橫死。

他過於謹慎的態度則讓墨輕染笑出了聲音。

「沒那麼危險，別怕。父親一定會下令讓所有人不能傷到你，我也會控制好能力，不讓任何人踏入能摸到你的範圍。你需要擔心的只有飛濺過來的血，但如果你介意，我也會設法幫你擋下來。」

「確定只有飛濺過來的血？不會有耳朵啊鼻子啊手指之類的東西嗎？」

季望初對墨輕染的戰鬥風格印象深刻，也不知他這三個月中有沒有調整。

「放心，那些髒東西碰到你之前，我就會處理掉。」

有了他的保證，季望初這才安心一點。跟墨輕玄不同，他不是怕血腥場面，只是覺得直接碰觸到很不舒服，能避免自然是最好的。

本來他還想問，既然敵人不敢傷到自己，那自己一直往刀口上湊，對方是不是就會縛手縛腳被迫收回攻擊？但就算答案是肯定的，他也不想用這種方法妨礙戰鬥，索性不問了。

下車後，墨輕染帶他走進一個巷子，在裡面找到一台十分帥氣的機車，以指紋啟動後，便喊他坐到後座。

「這是你事先準備好的車？什麼時候停在這裡的？」

「這是別人幫我準備的，我有門路。上車吧，我載你回墨家。」

於是他上了車，機車一路疾馳，沒過多久墨家老宅就出現在眼前。墨輕染大大方方地將車停在大門口，要不是門口沒有僕人鞠躬歡迎，簡直就像是兩位少爺一起

出門，結伴回家的場景。
季望初本以為墨家提早收到消息後，會用大量人力將整個建築物武裝起來，但門口一個人也沒有，大門甚至敞開著，彷彿一個等待獵物進入的巨大陷阱。
「是知道底下的人都打不過你，就不派出來送死了？」
「差不多吧。但裡面有很多能力者布置的陣法與主宅的防衛武器，掃一眼就知道。我估算錯了，父親使用這種無差別攻擊的模式，應該是覺得連你一起殺掉也沒關係，大概打算在屍體還新鮮的時候直接使用吧，可真是個『好父親』。」
墨輕染冷笑著，眼中也多出了幾分負面情緒。
「他應該知道你看得出來吧？就不怕你不進去？」
「他知道我是來找他的，由我光明正大現身的態度來看，他會認為現在的我十分自負，仗著對老宅的了解，就算看到陷阱也會跳進去。還有一個可能，就是他希望我把你留在外面，這樣他要抓你也比較容易。」
這對父子的諜對諜，季望初算是見識到了。至於哪一方揣摩得比較準，待會就會揭曉。
「但你的確是看到陷阱也要跳進去吧？你應該沒打算讓我留在外面？待會進去

怎麼辦呢？」

在他發問後，墨輕染微笑著回了一句。

「沒有人反而更簡單。用普通人的說法就是——待會，看我變魔術吧。」

*

季望初向來喜歡事先知道所有計畫，他比較不喜歡所謂的驚喜。對他來說，事先得知各種細節，才方便自己規劃後續行動，但他也曉得很多時候沒必要問得太詳細，不停地追根究柢，只會顯得囉嗦又沒安全感。

跟在墨輕染身邊踏入墨家老宅後，他確實見到了如同魔法一般，相當神奇的畫面。

他看得出來屋內的防禦設置分成兩種，一種是科技防禦，另一種是能力者布置的陷阱。當那些雷射激光射過來的時候，他也反射性地想閃，但他選擇相信墨輕染，準備看他如何處理。

然後他就看到墨輕染手中捏著一張書籤般的紙片，手指輕輕摩擦，那些激光在碰觸他們前就直接被反彈回去，使發射裝置損毀，第一階段的攻擊便宣告癱瘓。

「好厲害，這也能使用在實戰中嗎？攻擊都能反射？」

「不，這要算準時間使用，條件有點嚴苛，打鬥中是很難用的，否則我就百分之百無敵了。」

墨輕染嘴巴上說使用條件嚴苛，但一路走過去，他用了至少五次，除了科技武器，能力者的陣法也反彈回去了，也不知條件是嚴苛在哪。

走到上二樓的迴旋梯時，終於出現了活人。不得不說，墨輕染的戰鬥就像是藝術，帶著他獨有的殘暴美學，殺人殺得就如同在跳舞，特別是在他變強以後，就連血線的軌跡都有奇異的美感，讓季望初忍不住想認真欣賞。

當然，在墨輕染看過來的時候，還是要裝出一副心有餘悸的樣子就是了。

他就這麼看著墨輕染輕鬆掃除所有障礙，踩著敵人的鮮血，從容地推開二樓大廳的門。

等在大廳內的，是他們的父親，墨家家主墨松延。

墨松延站在大廳中央，神情灰敗，看起來沒有主動動手的意思。大廳內的投影監控螢幕如實呈現一樓的畫面，顯然他已經從監控中看到一切，並絕望地判斷出已方毫無勝算的事實。

「父親，好久不見，您最近過得好嗎？是不是時常想我呢？」

在這種時候使用敬稱，多少帶點諷刺的意味。墨輕染面上的笑容充滿惡意，墨松延則露出了他們兄弟倆都很熟悉的微笑，以質問來回應。

「我自然每天都在想你們，就盼望你們能早日回家。只是，輕染，我以為你當初劫走輕玄是因為兄弟情深，但事實證明，是我把你想得太好了呢？你對你哥哥下手了對吧？我就知道，我養大的孩子怎麼可能忽然這麼善良呢，你把私心藏了好久，分給你還不滿足，非要獨占才夠。」

他一開口就是一連串往墨輕染痛處打的話語，說得墨輕染氣息都浮動了起來。因為怕他被激怒到失去理智，季望初趕緊握上他的手，用動作跟眼神安撫他，然後搶在他出聲之前回嘴。

「父親，我呢？您就沒有什麼要跟我說的嗎？還是說，在您眼中我就只是個仙丹補品，連個人都算不上，所以完全不用理會我的心情，連敷衍一下都不必？」

他表現出了依戀與受傷，於是墨松延立刻改口。

「他都跟你說了些什麼？是不是汙衊我要殺了你吃你的血肉，把我說成冷血又可恨的父親？一直以來我對你有多好，你都知道的，我怎麼可能不顧你的性命做出那種事？我承認我需要你的血，但也只需要一點而已，難道比起我，你寧願相信二十二年來跟你都沒什麼交集的弟弟？」

嗯，演得很努力，但不夠真，一眼就能看出是演技。

季望初在內心做出評價後，唇角一勾，決定徹底跟墨松延撕破臉。

「不是說你養大的孩子不可能善良嗎？我有多善良你也知道，可見得你沒有用心養我吧？既然如此，反正都是要被吸血，我為什麼不選一個年輕帥氣順眼的呢？」

他的話讓墨輕染臉上一僵，為之側目，而聽他說出這些話後，墨松延收起了笑容，再不復原來的親切溫柔。

「看來你被輕染洗腦得很嚴重，所以你們現在打算怎麼做？是來殺我的嗎？」

「你這句話就不對了，輕染才沒有洗腦我，是我洗腦他才對。打從知道自己的血這麼有用之後，我就決定讓他喝我的血，要不是我逼他，他還不肯呢。不過嚴格來說，這應該是你逼的才對，如果不是你毫不留情趕盡殺絕，我們又何必為了生存如此努力掙扎？」

季望初說著，看向墨輕染笑了笑。

「還好輕染被我說服了。我們本該光明正大地活在陽光下，何苦為了一點原則而放棄？」

他臉上的笑容，讓墨輕染逐漸解除緊繃狀態，目中的仇恨也慢慢壓了下來。

「是的。幸好你說服了我。能夠自由地出來呼吸空氣，又為什麼要躲在暗處過著居無定所的生活？如果沒有你的付出，我們也沒辦法像現在這樣站在父親面前，嘲笑他的失敗。」

他們一搭一唱，說得墨松延臉色越來越難看，卻依舊沒有出手。直至此刻，季望初才確認這個男人已經放棄抵抗，只因任何的抵抗，在絕對的實力面前，都是沒有意義的。

「父親，我不會殺你。我會廢了你的能力，再操控你為我們做事，否則墨家這一大爛攤子處理起來太麻煩了，你一死了之，頭痛的可是我們。我知道你其實不想死，所以你會接受我的處置，死了就什麼都沒了，活著好歹還能有一線希望，是吧？」

墨輕染邊說邊拿出另一張紙片，見他要動手，季望初連忙叫停。

「等等，你是要破壞他的印紋嗎？」

「對啊，難道你覺得太殘忍？」

墨輕染遲疑地看向他。

「不，我只是想說，讓我試試看吧，如果我不行再交給你。」

季望初笑著拔槍，見墨輕染沒有意見，當即對著墨松延的手背連開三槍。

或許是覺得印紋被普通人破壞有失尊嚴，季望初開槍的同時，墨松延還是閃了一步，並運用能力來抵禦子彈。於是季望初看似隨意地飛速補槍，直到打空彈匣，他聽見了墨松延痛苦的呻吟聲，根據手感，十槍中他大約準確命中了六槍，都打在同一個點。

「……你這槍法還挺厲害的。」

此時墨松延的手背已經血肉模糊，子彈確實破壞了印紋，墨輕染不得不收回自己原先的懷疑，認同他的槍法。

「還行吧。沒有不小心打歪要了父親的命，也算是還了父親二十二年的養育之恩。」

他這缺德的話，使得墨輕染忍不住笑了。為了避免父親再說出什麼不中聽的話破壞他們的心情，墨輕染出手讓墨松延昏迷過去，接著深呼吸一口氣，如同解決了什麼心腹大患，挪開了壓在心上的大石頭。

「解決了父親，我們就可以搬回墨家了吧？是不是該慶祝一下？」

「你想怎麼慶祝？雖然墨家現在亂成一團，但人人都怕死，指揮他們辦個宴會找一堆人來見證，還是做得到的。」

他的提議讓季望初連連搖頭。

「慶功宴是不錯，不過沒必要勞師動眾。你說的那種宴會，等你搞定一切要對外宣布家主換人時再說吧，現在的話，我們兩個出去吃個好料就夠了，這是屬於我們的勝利，不需要外人加入慶祝。」

在他說自己的想法後，墨輕染凝視著他，笑得比之前的每一次都還要溫柔。

「好的，哥。」

就在他初次正面喊出這個稱呼的同時，季望初的視線開始模糊，整個世界瞬間離他遠去。

他知道，任務結束了。

*

有很多執行員在結束任務後，會有好一段時間無法抽離情緒，沒辦法快速切換角色，回到自己原本的生活。但季望初不一樣，他向來切換得很快，只因這個過程對他來說已經重複了無數次，抽離不了的狀態只有在新人階段才有過，現在的他完全沒有這種問題。

這是他對自己的認知，但這次的狀況似乎有點不同。

當視覺恢復清晰，再次看見辦公室裡的兩神一鬼時，他不知道為什麼忽然有種悵然若失的感覺，心情微微鬱悶。

他想，或許是因為以前的任務都由自己決定何時結束，在自殺結束、日期到達或他呼喚瑛昭結束前，他都充分做好了心理準備，但這次卻沒有精確到分鐘的時間點，彷彿任務突然之間就結束了，他才會無法適應。

明明這之前他還希望任務早點結束。

那終究只是個幻境啊，那是別人的人生，別人的遺憾，有什麼好放不下的呢？

季望初調整好自己的表情後，看向失神中的墨輕玄，照例問話。

「墨輕玄，任務已經完成了，還有什麼想問的嗎？如果沒有的話，我們就依照合約送你去投胎。」

『啊……』

墨輕玄因為他的呼喚而回神，卻沒有立即說話，而是滿臉糾結悲傷，支支吾吾地開不了口。

「有什麼事情想問都可以直接問，這是最後的機會了。」

瑛昭在一旁溫柔地補充了一句，璉夢則笑笑地不發一語。

『我只是……忍不住一直想，原本的世界線裡，輕染後來到底過得如何？他後來怎麼樣了？他有沒有辦法……再找到一個能跟他好好相處，跟他志趣相投，又喜歡他的人一起過日子呢……』

在他斷斷續續說出這些話後，季望初嘆了一口氣，正想說點善意的謊言，璉夢就先回答了這個問題。

「喜歡他的人應該不難找，但要好好相處就難囉，畢竟重點在於他能不能接納其他人，不是別人對他有沒有真心。他顯然就是沒打算再跟別人培養感情的樣子啊，連機會都不給的那種。」

話已經被璉夢說死，季望初瞬間無法說出心裡想好的台詞。而且，璉夢說的是事實，墨輕染確實就是這種態度，他沒辦法反駁，只好保持沉默。

『也不一定吧？雖然輕染之前確實說過，但他搞不好會遇到讓他改變想法的人啊？』

墨輕玄還不死心，他滿心希望能有人附和自己，以減少自己內心的愧疚。

「如果你是正常死亡，那說不定有機會，但你是自殺的啊。你覺得他又疲倦又受傷，出去找物資，回來看到滿地鮮血跟你的屍體，會受到多大的衝擊？他這輩子忘得了這一幕嗎？他光是想你為什麼要自殺，以及自己做錯了什麼，哪邊做得不夠好，就沒有心力去想自己未來的人生啦，雖然你應該也是承受不住內心的痛苦才做出這種選擇，但你既然選了，就不要妄想別人都能好好的，沒有這回事，能就此輕鬆的只有你而已，你放棄過他，就別繼續關心他了吧，乖乖去投胎，忘記這一切，這就是你唯一能做的事。」

璉夢說了一長串，墨輕玄的臉色也隨著他的話越發蒼白，到最後甚至顫抖了起來，整個人如同被無以名狀的悲傷包圍，靈魂都不穩定了起來。

季望初一直都覺得，璉夢缺乏對凡人的同理心。璉夢從來不會同情任何人，給他當執行員的機會，也是覺得他「值得」，而不是覺得他「可憐」。

雖然世界上有不少自尊心高的人不喜歡被同情，但也有很多人需要溫柔一點的安慰。同理對方的心情後，在不違背規則的前提下說出能讓對方感到撫慰的話，是季望初會做的事，儘管這不是執行員的義務。

第十九號部門是為了執行員成立的，然而，這不代表委託人就一點也不重要。委託人提供了他們的人生，只求看一次生命的其他可能，說到底也是記掛著過往而不肯轉世的可憐人，大部分都不壞。

見墨輕玄被璉夢打擊成這樣，他心有不忍，而在他思索要不要說點什麼的時候，瑛昭就開口了。

「父親大人，人家都要去投胎了，您就不能說點他想聽的話，讓他安心離去嗎？或許您乾脆不要講話，我來講就好了啊，為什麼您不能對人溫柔一點呢？」

瑛昭的想法與季望初一致，這讓季望初愣了愣。

「我向來想說什麼就說什麼，不會考慮這麼多。正如你所說，他就要去投胎了，所以他很快就會忘記我說過什麼，那麼我是否說真話又有什麼差別？你只是不想看這些靈魂哭哭啼啼地離開吧？」

「……父親大人，您的個性真的很差，我不知道該怎麼跟您溝通。」

「不就是理念不同嗎，怎麼又嫌棄起我來了？」

就在這個時候，墨輕玄忽然鼓起勇氣插了一句話。

『請問，去轉世之前，能讓我知道輕染後來的狀況嗎？』

這件事，季望初辦不到，瑛昭則看向璉夢，因為這超出了他的權限。

無論他想問的那個人是死是活，第十九號部門都沒有提供這種服務，即便委託人無法影響生者的世界，也無法接觸到親人的靈魂。

「我可以告訴你，根據你靈魂停留的時間來看，你弟弟一定早就已經死了。人都死了，活著的時候過得怎麼樣也不重要了吧，雖然我有辦法探知，但我就算去查，也只是因為我想知道，不是因為想讓你知道。」

璉夢拒絕了墨輕玄的請求，接著看向季望初要求他拿出合約，將墨輕玄送走。

墨輕玄不敢再做要求，瑛昭也不便逼璉夢幫忙，見狀，季望初無奈地亮出了那份魔法合約。

『季先生，無論如何還是很感謝你為我與輕染做的一切，儘管真正的輕染沒有得到這些，我仍然很感謝你。』

被送走之前，墨輕玄留下了這樣的話。他的感謝，季望初認為自己承受不起，畢竟就像他說的，真正的輕染，並沒有獲得幸福。

以合約將墨輕玄的靈魂送走後，季望初的心情很差，瑛昭也愁眉不展，倒是璉夢忽然笑著站起身子，好像突然想到了什麼好主意。

「我忽然有件事想做，部門考核結果等我回來再說，你們自便，我先走一步。」

說著，他頭也不回地離開了辦公室，動作非常迅速，完全不理會瑛昭的呼喊。

「唉，真是的，父親大人不知又一時興起想到了什麼，下班時間還沒到，季先生，你還要做任務嗎？」

「不，今天讓我早點下班吧，就當我請半天假。」

季望初神情疲憊地說著，同時打開手機裡的龍貓照片。

「我想回家擼大衛王了。」

不管是龍貓還是什麼貓，擼貓總是能治癒人心，這是不變的道理。

終章

距離璉夢上一次來黑之海，已經過去不知多少年。這裡萬年不變，唯一會變化的只有囚禁的靈魂數量，罪人總是一再增加。而黑之海無比廣大，儘管罪人的靈魂來自萬千個不同的世界，墨色的海水依然能全部吞沒，永遠都沒有被填滿的一天。

上一次，璉夢只是來逛逛，這次他卻有明確的目標。

他要尋找某個特定的靈魂。

當他以神力探得那個靈魂的氣息時，他露出了滿意的笑容。

一切就如他所想，他要找的人，果然就在這裡。就是不知道，會沉在黑之海的哪個深度呢？

璉夢依照氣息的方向下潛，一直到目光所見的靈魂寥寥無幾，他才找到對方。

這個深度，倒是比季望初所在的位置淺一些，他也不怎麼意外。

畢竟季望初可是毀了整個世界。

他以神力推進，緩緩降至那個靈魂面前，對方自然也注意到他，卻雙眼無神，毫無反應。

罪人剛來的時候，都是維持生前的模樣，隨著時間過去，腐蝕的程度增加，就會越來越看不出原貌。

靜靜漂浮在深海中的青年，已經被腐蝕掉一部分的軀體，那張極為俊美的臉也被海水腐蝕了不少，只能從剩下的半張臉看出原本美好的樣子。

「墨輕染。」

璉夢微笑著呼喚了他的名字，接著說出自己的來意。

「我是來自神界的神，可以為你提供一個離開這個的機會，完成足夠的任務後，你甚至能重新得到轉世的資格，有興趣嗎？」

青年聞聲，淡淡看了他一眼，連聲音都沒出。

看樣子是完全不感興趣。

「這裡有成千上萬的靈魂，你就不想知道我為何選中你嗎？」

他接著問了這個問題，但青年依舊沒有反應。他看得出來，青年神智仍在，五感俱全，聽得見，也能開口，只是不想理他而已。

萬千世界中，總有些怪胎，寧願留在這裡受苦，也不願意接受別人的幫助。

「我見到了你同父異母的哥哥，墨輕玄的靈魂。我從他的記憶裡了解了你的事情。」

墨輕玄這個名字，成功引起了青年的注意。他終於正眼看向璉夢，並冷淡地出了聲。

『然後呢？我身上有什麼值得神利用的東西嗎？』

有反應是個好現象，璉夢覺得魚已上鉤，因而笑得更真心了幾分。

「別說得這麼難聽，能力者無論有什麼能力，對神來說都不算什麼。我只是覺得，讓你去第十九號部門上班，似乎是一件很有趣的事，你就一點也不想離開這裡嗎？」

『我不認為自己有離開這裡的資格。我就該永生永世待在這裡，這是世界審判了我之後給的結局，不是嗎？』

他話語中透出的自厭情緒，璉夢敏感地察覺了。

「我先跟你解釋第十九號部門的業務內容吧，順便跟你說說你哥哥的部分。」

璉夢三言兩語交代完部門的工作，接著便幻化出一個光球，遞向青年。

「這是我們的執行員接了委託之後執行任務的過程，你想看看嗎？」

青年盯著光球看了好半晌，才緩緩伸手觸碰。

微光閃爍中，任務的過程一幕一幕在他腦中展示，當展示完畢，光芒熄滅時，青年恍惚地看著前方，淚水從他完好的那隻眼中流出，與海水混為一體。

『**真好……**』

他嘴裡喃喃唸著，聲音低沉而沙啞。

『**明明是如此孤單的路，卻能有理解的人支持陪伴，真好……**』

璉夢在他的話音中聽到了孤獨寂寞，還有隱藏其下的羨慕。

當初的他或許也想要一個能力與之匹配的同伴，只是真正的墨輕玄永遠不可能成為那個人。

墨輕玄無法成為他並肩同行的夥伴，甚至連被他守護都不願意。

他願意為了墨輕玄放棄自己擁有的一切，包含性命，然而墨輕玄決絕地以生命拒絕了他的付出。

面對現實的那一刻，他瘋了。他行事時看似清醒冷靜，但只有他自己知道，他確實是瘋了。

「你能告訴我，你哥哥自殺後，你都做了些什麼嗎？看你沉在黑之海這麼深的位置，應該殺了不少人吧？」

聽了璉夢的問題後，青年揚起嘴角，笑得瘋狂又崩潰。

『當然啊。我殺了很多人，該殺的都殺了，不該殺的也殺了，為了我對著哥哥屍體立下的誓言，我做得很徹底。想知道是什麼誓言嗎？』

沒等璉夢回答，他就自己說了下去。

『我剖開他的胸膛，吃了他的心臟。我知道這可以讓我快速成為當世最強者，而我要做的事，就是讓能力者從這個世界上絕跡。』

從來沒對任何人傾訴過的他，一面說一面笑，卻仍在落淚。

『我滅絕整個世界的能力者後就自殺了，這就是你要聽的後續，滿意嗎？』

「為什麼要這麼做呢？」

璉夢順著問了一句。

『為什麼？因為垃圾就不配活著啊。』

璉夢不清楚青年為什麼會使用這麼激烈的措辭來形容能力者，不過他能想像。

一個同時存在能力者與普通人的世界，普通人被壓榨，甚至被奴役，都是必然的。墨輕玄只是被保護起來的特例，然而他的定位其實更糟糕，是「補品」。

「你所謂的垃圾，應該不包括你吧？」

『為什麼不包括？都是一樣的。都是一樣的……』

他大笑了幾聲，笑到精疲力竭才停止。接著他再次看向璉夢，眼中多了幾分光彩。

『你說的那份工作，我現在有興趣了，如果我跟你離開，是不是就能見到任務中那名執行員？』

「對，你們會成為同事。」

璉夢愉快地回答。

『可以先告訴我，他叫什麼名字嗎？』

眼見自己想做的事就要成功，這點小小的要求，璉夢自然不會拒絕。

於是他微笑著，說出了那個自己為對方取的名字。

「季望初。」

——第三部完——

後記

大家好，我是水泉，最近手感復健中，生活稍微健康了一點點（雖然還是天亮才睡），也正在嘗試減肥（減了一點點），希望各方面都能重回正軌。

本集嘗試用一整個事件來帶出新角色，塑造他的形象，不知道大家喜不喜歡呢？下一本又會看到他全新的面貌了，追著假哥哥跑的阿染，敬請期待。

為了避免後記太過簡短，來寫個噗浪警語好了，我的噗浪不定時會連載《沉月之鑰》的同人本，如果不喜歡ＢＬ的話請慎入喔。

期待下一本繼續與大家相見。

神界直屬第十九號部門連載網址：https://www.kadokado.com.tw/book/1?tab=catalog

此外，部落格搬家囉。歡迎大家到新家找我，謝謝大家的支持。

黑水蔓延之地：http://suru8aup3.blogspot.tw/

最後又要來宣傳一下沉月的ＬＩＮＥ貼圖。節慶篇跟幾個新的貼圖也上架囉！搜尋沉月或者 sunken moon 都可以找到，兩款的畫家都是戰部露，希望大家會喜歡。

有任何感想心得都歡迎到噗浪、ＦＢ粉專或網誌來留言：

我的噗浪：www.plurk.com/suru8aup3

我的ＦＢ粉專：https://www.facebook.com/suru8aup3

舊網誌（資料庫）：黑水蔓延之地　http://blog.yam.com/suru8aup3（已廢除）

感謝大家閱讀到這裡。

水泉

璉夢上神
瑛昭
額頭上的
印記
神界姿態
天奉瑛昭
人界姿態

墨輕染
眼中有
執行員編號
季望初
洛陵
墨輕玄
本命劍
幻化的吊飾
夕生

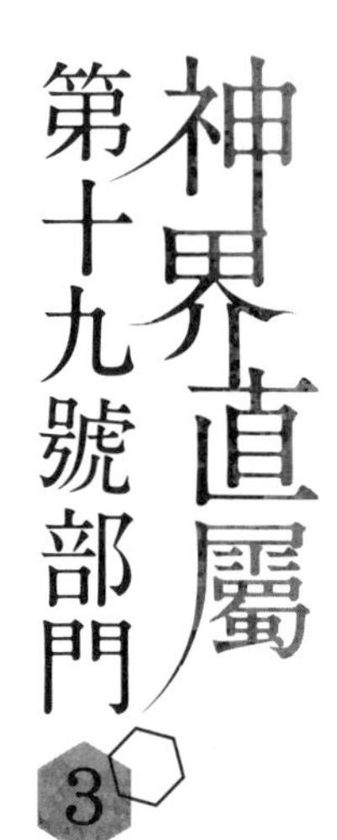

作　　者＊水泉
插　　畫＊竹官

2023年9月14日　初版第1刷發行

發 行 人＊岩崎剛人
總　　監＊呂慧君
編　　輯＊溫佩蓉
美術設計＊林慧玟
印　　務＊李明修（主任）、張加恩（主任）、張凱棋

台灣角川

發 行 所＊台灣角川股份有限公司
地　　址＊104台北市中山區松江路223號3樓
電　　話＊（02）2515-3000
傳　　真＊（02）2515-0033
網　　址＊http://www.kadokawa.com.tw
劃撥帳戶＊台灣角川股份有限公司
劃撥帳號＊19487412
法律顧問＊有澤法律事務所
製　　版＊尚騰印刷事業有限公司
I S B N＊978-626-352-934-2

國家圖書館出版品預行編目資料

神界直屬第十九號部門 / 水泉作. -- 初版. --
臺北市：臺灣角川股份有限公司, 2023.09-
冊；　公分

ISBN 978-626-352-934-2(第3冊：平裝)

863.57　　112011311